Martin Amanshauser

NIL

Martin Amanshauser

NIL

Roman

Deuticke

MONTAG 5. Juli 2010

01

Die Sonne drückt 15 ¾ Stunden lang auf die Stadt. Irgendwann während dieser Zeit muss der Kerl vor meiner Wohnung gewesen sein. Er hat den Zettel an die Tür geklebt und ist wieder verschwunden.
Am Nachmittag sitze ich in einem Haarstudio mit Air-Condition und lasse mir eine Glatze rasieren.

Erklärt man einem schlechten Friseur – es gibt keine guten Friseure – seine Wünsche, dann drängt er einem zuerst den Modeschnitt auf. Er kann gar nicht anders, sein Geschäft beruht auf den Selbstzweifeln der Frau.
Wer dem eigenen Spiegel Fluchen und Heulen ersparen will, sollte seine Vorstellungen gnadenlos durchsetzen. Ich zum Beispiel möchte eine Glatze. Erwartungsgemäß muckt der Friseur auf. Wieso Zöpfe abschneiden? Affenschaukeln liegen doch voll im Trend! Man kann sogar Fun-Plaits daraus machen! Ich erkläre ihm, dass Affenschaukeln und Fun-Plaits definitiv peinlich geworden sind. Außerdem soll er scheren und den Mund halten.

Zur gleichen Zeit ziehen sich im Städtischen Freibad Gänsehäufel die meisten Badegäste hässliche Hautrötungen zu. Zwei Menschen kollabieren.
Die Hitze hat auch den Wiener Asphalt beschädigt. Mehrere hundert Kubikmeter des Straßenbelags sind in zähflüssigem Zustand in die Kanalisation gesickert und haben den Lebensraum des Rattus Norvegicus, auch bekannt als Rotbraune Wanderratte, verwüstet.
15 ¾ Stunden Sonneneinstrahlung, das ist viel. Das Intervall zwischen Sonnenauf- und Untergang beträgt sogar am längsten Tag des Jahres nicht mehr als 16 Stunden und fünf Minuten.
Der Kerl, der den Zettel an meine Tür geklebt hat, muss im Stiegenhaus ziemlich geschwitzt haben.
Kurz gesagt, die Stadt ist zum Eierbraten.

02

Am Brunnenmarkt kaufe ich eine Stange Porree. Ich kann nicht widerstehen. Neben einem Lauchgewächs sehen die fetten bunten Kugeln, Tomaten und Äpfel, einigermaßen bäuerlich aus.
Der türkische Gemüseverkäufer glotzt mir auf die Brüste. Männer haben das in der DNA. Sein Vater, ebenfalls türkischer Gemüseverkäufer, glotzt auf die gleiche verbissene Art.
Ob er den Porree in der Mitte durchschneiden soll? Nein. Mir missfällt der Gedanke, dass eine Ware, die bereits mir gehört, von ihrem früheren Besitzer zerschnitten wird.
Fünf Stockwerke weiter oben, das weiß ich schon vorher, wird mein Appetit auf Lauchgewächse fort sein. In meiner Wohnung herrscht ein extrem ungünstiges Mikroklima für Porree.

Die Porreestange drängt ungeduldig gegen die Eingangstür, so als wollte sie vor mir hinein. Im Türspalt klemmt ein Zettel. Mit Filzstift in großen Blockbuchstaben steht geschrieben: *Auch wenn du mich vergessen hast, ich habe nichts vergessen.* Kein Absender, keine Unterschrift.
Sieht nach einem blöden Scherz aus.
Ich drehe mich langsam um.
Auf einmal erscheint mir das Stiegenhaus mit den Spinnweben in den unübersichtlichen Winkeln bedrohlich.

Ich deponiere den Porree im Kühlschrank und nehme eine Dose aus dem Caninikarton. Ihr Inhalt riecht nach Gulasch mit Sägespänen. Schmutz schmiegt sich an meine Beine und miaut. Beim Anblick von Edelkatz Canini wird sein Hals einen halben Meter länger. Seine Zunge ist rosa wie ein Block Pressschinken.

Schmutz miaut immer nur aus Gier. Sobald ich ihn ohne Hilfsmittel zum Miauen ermuntere, gibt er keinen Ton von sich.
„Du kriegst gleich dein Edelkatz."
Auch wenn du mich vergessen hast, ich habe nichts vergessen.
Wen zum Teufel kann ich vergessen haben, der *nichts vergessen* hat?
Mir fallen einige Schulkollegen ein, mit denen ich zusammen gewesen bin und irgendwann nicht mehr zusammen sein wollte. Schwer vorstellbar, dass einer von ihnen verliebt oder verletzt genug ist, um nach so langer Zeit einen so kläglichen Vorstoß zu unternehmen.
Eine Frau steckt bestimmt nicht dahinter. Frauen sind vielleicht heimtückisch genug, um anonyme Zettel an Türen zu kleben, aber sie klopfen keine dummen Sprüche.

Unterhalb des Fensters gleiten zwei rotsilberne U6-Garnituren in makelloser Schärfe aneinander vorbei. Das Echo der Druckwelle schwappt herauf.
Acht Fahrspuren, die Ubahnlinie U6, zwei Tramways, zwei Würstelstände und dazu der Tumult aus den Gürtellokalen. Viele Leute wundern sich, wie ich es am Lerchenfelder Gürtel 304 ertrage. Sie wissen nicht, dass das Ertragen von der Einstellung abhängt. Der Verkehr klingt wie die Brandung eines Ozeans. Andere würden nach wenigen Minuten mit einem Obstmesser auf ihren Psychiater losgehen, aber mich beruhigt dieser Aufruhr. Er passt gut zu meinem inneren Pessimismus.
Mein Küchenfenster zeigt nicht zum Gürtel, sondern auf die Ottakringer Seite. Schwere Luft steigt von den Dächern auf. Wespen trudeln durch den Abend. Leider spielen die Nachbarn den grässlichen Sommerhit von DJ Ötzi. Mit der Melodie könnte man Eisengerüste schmelzen. Inzwischen kann ich die erste Strophe auswendig. *Nasse Orangen am Nil / Ich bin dein Kroko-Krokodil / Der Nil fließt zum Riesenrad / Was wieder bewiesen hat / Dass ich heut alles von dir will.*

Durch sein Comeback ist DJ Ötzi ins Fahrwasser von Hansi Hinterseer geraten, und dort ertrinkt er jetzt.
Ich schließe erschöpft das Fenster, schnappe mir eine Bierdose und schalte die Zeit im Bild ein. Schmutz miaut und legt sich neben mich.
Meine Glatze scheint ihm keinen Eindruck zu machen.
„Am 11. Juli 2010, kommenden Sonntag, schreiten 5,9 Millionen Österreicher zur Urne." Der Nachrichtensprecher Traxl sieht erledigt aus. „Es ist die dritte Nationalratswahl in vier Jahren. Die Beobachter bezeichnen sie als entscheidende Richtungswahl. In den letzten Wochen hat der Wahlkampf die Partner des Konzentrationsblocks unter Kanzler Bendrosch weit auseinander gebracht. Profitieren davon wird laut den Meinungsforschern der Oppositionsführer Ulf Schneyder von der *Freien Front*, jener Mann also, dem seine Kritiker einen extrem populistischen Stil vorwerfen. Vor allem von ausländischer Seite sind die Reaktionen heftig."
Sogar der blasse Traxl gleicht einem Giftfrosch. Ich drehe Helligkeit und Kontrastwerte runter. Traxl registriert nichts von der Manipulation. Auch abgedämpft ist seine Gesichtsfarbe mitleiderregend. Wahrscheinlich wird ihn seine Frau vor dem Schlafengehen mit Joghurt behandeln.
– Halt endlich ruhig!
– Ich hasse dieses Einschmieren.
– Sei froh, dass ich keinen Sauerrahm verwende, Specki.
Von seiner Frau wird Traxl *Specki* genannt. Er achtet darauf, dass im Sender keiner diesen Spitznamen erfährt. Als Mitarbeiterin des *Bunten Hund* erfahre ich solche Geheimnisse.
Als nächstes folgt ein Bildbericht von einer Schneyder-Kundgebung. Die FF-übliche Mischung aus Lodenjackenträgern und Querulanten hält Transparente wie *Nieder mit der Union – Korruption ham wir schon* in die Höhe.
„Wir lassen uns von der Union nicht vorschreiben, wen wir wäh-

len!“ Die Stimme des Schneyder-Anhängers schnappt über. „Wir sind ein souveräner Staat!“
Aus der Menge dringen Gesprächsfetzen wie „Ausverkauf des Landes“ oder „nur wegen die Ausländer“ zum Mikrofon.
Ulf Schneyder strahlt und schreibt Autogramme.
Die Phonymelodie spielt los. Leider hat mein Phony diese teuflische Eurovisionshymne einprogrammiert, die ich nicht abstellen kann. Seit aus Handys Phonys wurden, sind die Zusatzfunktionen ausnahmslos für geniale Schulkinder konstruiert. Solche wie ich verwenden nur den Shopping- und den Pizzaservice von Giacomelli.
„Hast du den Traxl gesehen, Fiona?“ Ignaz lässt ein blubberndes Lachen los, durch das Phony klingt es wie Wind im Schilf, „der war baden im Gänsehäufel!“
„Was hältst du eigentlich von Porree?“, lenke ich ab.
Wie alle schlimmen Neurotiker ist Ignaz jederzeit bereit, einen unvermittelten Themenwechsel zu akzeptieren.
„Porree … du meinst das Stabhochsprunggemüse?“
„Genau, Lauch.“
„Lauch, Porree … na du weißt ja, bei mir dreht sich alles um Wurst.“ Er schnauft in den Hörer, denn wenn es um Wurst geht, schnauft Ignaz immer. „Es muss 1998 gewesen sein.“
„Was war 1998?“
„Mein letztes Lauchessen.“
„Zusammen mit Tanja?“
Nicht dass ich in der Vergangenheit meines allerplatonischsten Freundes herumstöbern will, aber die Phase, während der Ignaz mit meiner Schwester zusammen war, interessiert mich.
Keiner der beiden erzählt übermäßig viel davon.
„Tanja war das einzige Mädchen in den Neunziger Jahren, das Lauch zubereitete. Wieso Lauch?“
„Weil er so vornehm und lang ist.“
Während dieser Blödelei überlege ich, ob ich ihm den Zettel vorlesen soll. Ich entscheide mich dagegen.

„Grundsätzlich halte ich außerordentlich viel von Pflanzen. Gräser sind der Ursprung des Lebens. Aber du weißt ja, Fiona“, er gähnt, „mein eigenes Leben wird von Wurst bestimmt.“
„Vielleicht“, sage ich, „sollte ich es auch einmal mit Wurst probieren.“

Zu Rucola-Pizza von Giacomelli mit Tabasco und Ketchup blättere ich durch den heutigen *Bunten Hund*. Die Ausgabe ist leicht blaustichig. Drei meiner Fotos – Böhmischer Prater, Trafikemblem, schwarze Fahne an der Oper – sind gedruckt worden. Jedes Mal verblüfft mich, welche Flut an schäbigen Tierecken und Denksportaufgaben auf den 56 Seiten untergebracht sind. Selbst das Kreuzworträtsel hat etwas Unseriöses.
Die Germanistikstudentin, die das Horoskop zusammenstellt, riecht morgens nach Wein und schreibt von alten Jahrgängen der Konkurrenzblätter ab. Ihre astrologischen Vorlieben sind zum Kotzen. Skorpion liest sich wieder einmal extrem negativ: *So kann es nicht weitergehen. Es ist fast unmöglich, Ihnen etwas recht zu machen. Im Grunde sind Sie unsicher und orientierungslos – trotzdem üben Sie an Kollegen harsche Kritik. Jemand, den sie verletzt haben, meint es weiterhin gut mit Ihnen. Der Mars ist im Sextil – reißen Sie sich zusammen.*
Außer der Bettlampe schalte ich alle Lichter aus und hole mir *Olga Forever* von Paco Ignacio Taibo dem Zweiten. Ein Geschenk von Tanja. Die mexikanische Heldin Olga Forever zwingt die Machos laut Klappentext *mit Mut, Unbestechlichkeit und ihrer Vespa* in die Knie. Immerhin habe ich den fahrenden Untersatz mit ihr gemeinsam.

Das Telefonsprudeln klingt scharf und klar. Nicht die Eurovisionshymne des Phonys, sondern der antiquierte Festnetzapparat in der Küche. Kein Bekannter würde am Festnetz anrufen. Nicht einmal Völkerball vom *Bunten Hund* traut sich das.

Mir wird flau, sofort fallen mir einige Horrorfilm-Titel ein. *Die Sirene des Todes*, denkt mein pessimistisches Ich, *Festnetz und Grauen, Teil 2.* Im Licht der Bettlampe werfen die Möbel unheimliche Schatten.

Ein abscheulicher Gedanke kommt mir. Auf dem Sofa neben dem Apparat könnte ein behaarter Gorillamensch hocken und in aller Gelassenheit auf mich warten. Mit seinen Stimmbändern würde der Gorillamensch das Sprudeltrillern des Telefons perfekt imitieren. Und mich in die Falle locken.

Zwischen dem sechsten und dem siebten Läuten habe ich mich zum Sofa vorgekämpft.

Zum Glück ist es leer.

„Ja?"

„Wer spricht?", fragt die Stimme eines Mannes.

Den kenne ich von irgendwoher!

„Und wer spricht dort?"

„Kennst mich nimmer?"

Obwohl ich mir wirklich Mühe gebe, die Stimme einzuordnen, gelingt es mir nicht.

„Bist du der Kerl, der *nichts vergessen* hat?" Ich hasse mich für das DU, aber in solchen Gesprächen ist jede Anrede idiotisch.

„Keine besonders originelle Aktion."

„Wir könnten im Chelsea ein Bier trinken."

Ich will abbrechen, da sagt er noch was.

„Es geht um Ignaz."

Langsam ziehe ich den Hörer zum Ohr zurück.

„Eine interessante Geschichte", setzt er nach.

„Wer sind Sie?"

Schweigen auf der anderen Seite. Das Spiel ist mir zu blöd, ich lege auf. Kann sein, dass der Kerl vor den Gürtellokalen steht und nach oben starrt. Sicherheitshalber werde ich Abstand zum Fenster halten.

Die untere Haustür ist verlässlich ab 21 Uhr versperrt. An der

alten Argusgraf, der aufmerksamsten Nachbarin der Welt, schwindelt sich so leicht keiner vorbei.
Fast wehmütig denke ich an meine Kopfgeburt, den behaarten Gorillamenschen, vor dem ich immer Angst habe und der mir nie etwas angetan hat.

Obwohl der Text von *Olga Forever* normalerweise wie Butter fließt, habe ich heute Schwierigkeiten bei der Lektüre. Einerseits geht mir der Jauler mit dem Kroko-Krokodil nicht aus dem Kopf. Andererseits ist da eine elektrische Spannung. Ein Kribbeln.
Ich glaube, ich lese dieses Buch jedesmal, wenn etwas in meinem Leben passiert.
Meine Kopfhaut juckt, obwohl nichts mehr drauf wächst, was jucken könnte.
Der Bulldrink, den ich mir auf Zehenspitzen aus dem Kühlschrank hole, heizt mich, anstatt zu erfrischen, weiter auf. Die Nil Filter beschleunigt den Herzschlag. Und das Rattern der U6-Garnituren schmerzt im Gebiss.
Eine Wespe fliegt mir fast in den offenen Mund.
Auch Schmutz ist aufgewühlt. Seine gelben Augen glotzen in Richtung Küche.
„Was ist los, Schmutz?“, flüstere ich.
Er zuckt zusammen.
Meine Unterarme überziehen sich mit eisigen Pünktchen.
Das Festnetztelefon sprudelt wieder. Man kann es ebensowenig stoppen wie einen 500-Tonnen-Güterzug auf einer abschüssigen Strecke.
Ich hebe ab.
„So viele Chancen“, es ist die Stimme von vorhin, „kriegt ihr nicht.“
„Wir?“
„Man kommt in den nächsten fünf Minuten ins Chelsea.“
Die Verbindung reißt.

Man kommt? Ich grüble nach, was er mit diesem *man kommt* ausdrücken möchte.
Im Prinzip gehört es nicht zu meinen Angewohnheiten, mich von Männern kommandieren zu lassen. Aber dieser hier macht mich neugierig. Er klingt widerlich, aber vertraut, gar nicht wie aus dem Horrorfilm.
Schmutz miaut unheilvoll, während ich die Nil ausdämpfe und in Jeans und T-Shirt schlüpfe. Es ist das Star-Trek-Shirt, auf dem Scotty einem Vampir ähnelt.
„Morgen, mein Kleiner." Ich streichle seine Ohren glatt. „Morgen machen wir uns einen gemütlichen Abend."
Das Chelsea befindet sich ein Stück gürtelabwärts. Ich habe dort viele Bekannte. Die Musik ist geeignet, den Ohrwurm vom Kroko-Krokodil loszukriegen. Das Chelsea ist ein sicherer Ort.

Ich schaffe bestenfalls einen halben Schritt aus der Wohnung. Beim Zuziehen der Tür legt sich eine Hand über meine Lippen und dämpft den Schrei. Der Mann schiebt mich in das Vorzimmer zurück. Leder und Schweiß: Ich erkenne ihn schon am Geruch. Von innen macht er die Tür zu und nimmt die Hand weg.
„Man hat es sich anders überlegt!" Er grinst. „Aaah, Fiona als Glatzkopf. Wo ist Tanja?"
„Ich werde schreien", sage ich viel zu leise.
„Doch wohl nicht."
Charlie trägt jetzt einen Kinnbart. Aber seine Zähne hat er sich noch nicht reparieren lassen.
„Verdammt, Charlie. Ich dachte, du bist im Knast!"
Er fixiert mich mit dem stieren Blick, den ich vergessen hatte – diese hängenden Mundwinkel, als würde er überlegen, wen er als nächstes zusammenschlagen soll.
Schmutz ist ins Vorzimmer hereingeschlichen. Sein Buckel ragt einen halben Meter hoch.

Er faucht.
Charlie macht einen Schritt zurück.
„Verfluchtes Scheißvieh!"
„Bist du hier, um meine Katze zu beleidigen?"
„Richtig erwachsen geworden, Fiona. Siehst deiner Schwester ähnlich."
Ich nehme Schmutz an der Kragenfalte und trage ihn aus dem Gefahrenbereich.
„Wirf das Tier am besten aus dem Fenster", Charlies Mundwinkel hängen jetzt bis zum Kinn, „und hol Tanja. Man hat Neuigkeiten."
Ich hatte Charlie aus meinem Gedächtnis gestrichen. Seit dem Jahr 2000. Seit 10 Jahren. Seit er unser Leben verlassen hat.

03

Trauerfeier für 325 Tote: Die größte Katastrophe der österreichischen Luftfahrt. Auf dem Titelbild des *Bunten Hund* vom 30. März 2002 ist wenig von meinem Gesicht zu erkennen: Schwarze Sonnenbrille, ein Vorhang schwarzer Haare. Sieben Jahre, bevor ich zum ersten Mal selbst ein Titelbild des *Bunten Hund* fotografieren werde, ist alles schwarz. Weiter unten befindet sich ein Foto von einem Bergeschiff. Die fidschiinsulanische Küstenwache zieht einen silbernen Gegenstand an Bord. Es ist ein Wrackteil vom Flügel der Lauda-Air-Maschine *Karajan*, die am 23. März mit meinen Eltern in den Pazifik gestürzt ist.
Die Leichen sind mit den Flugzeugteilen verschmolzen, zerfetzt, im Wasser versunken.
Auf dem Foto bin ich zwölf. Man bemerkt es noch nicht, aber in den nächsten drei Monaten wird sich mein Körper verändern. Dort, wo sich vorher laut meinem schwachsinnigen Kinderarzt ein *rechteckiger Fettpolster* befunden hat, entstehen zwei Brüste. Während der *Aufarbeitung* (Therapeuten glauben an die Aufarbeitung von Katastrophen) wachsen sie ständig.
Als ich den Grund für die großen Augen des Therapeuten kapiere, mache ich selbst welche.

Meine zehn Jahre ältere Schwester Tanja unterliegt der Illusion, meine Erziehung weiterzuführen. Zum Beispiel ordert sie Giacomelli-Pizza oder holt 12-Inch-Sandwiches von Subway. Vorher war sie eine richtig wilde Nudel, nach dem Absturz interessiert sie sich für Chirurgie. Als könnte man zerquetschte Menschenkörper wieder zusammenflicken.
Zwischen 2002 und 2005 existiert Tanja für mich vor allem zwischen Büchertürmen aus Patho, Histo, Pharma und wie sie alle

heißen. Mich hat der Drang, das Innere des Menschen ans Tageslicht zu bringen, immer abgestoßen.

Laut Therapeuten *entwickle* ich mich, was die *Aufarbeitung* betrifft, unglaublich *weiter*, wenn es mir auch phasenweise noch an *positiver Ausstrahlung* fehlt. Den Tod meines Sittichs Leopold, der bei offener Käfigtür frei durch die Wohnung flog, kann ich gleich mitaufarbeiten. Gemessen in Vogelzeit war Leopold schon hundert Jahre alt. Er hatte regelmäßig im Abwaschwasser gebadet. Eines Tages lag er ertrunken in der Abwasch.
Manche Unglücksfälle werden nie restlos geklärt.

Pessimismus ist meiner Ansicht nach ein untrügliches Merkmal für Intelligenz und Lebenslust. Und der Absturz der *Karajan* bekräftigt meine Schlechtmacherei ebenso wie das Ende des Sittichs. Es handelt sich weniger um eine *depressive Verstimmung* (Lieblingsdiagnose aller Therapeuten) als um die nüchterne Erkenntnis, dass nicht der geringste Anlass für Zuversicht besteht.
Wer auf das Auto vorbereitet ist, das einen gegen die Mauer quetscht, auf den Skin mit seinem Wurstmesser, auf den Blinden, der einen versehentlich vor die Ubahn stößt, der hat höhere Überlebensraten. Nebenbei gibt es Gasexplosionen, Erdbeben und Großbrände. Kein Grund für Optimismus, oder? Man braucht nur die ZIB im ersten Programm einzuschalten, moderiert von Nachrichtensprecher Traxl. Seit meiner Kindheit ist seine Grabesmiene eine österreichische Institution – der einzig angemessene Umgang mit der Wirklichkeit.

Der *Schadenersatz für entgangene Unterhaltsleistungen* wird rasch ausbezahlt. Mir ist das Geld unsympathisch. Am liebsten hätte ich den Herren auf den protzigen Scheinen die Zähne eingeschlagen.

Nur, weil Lauda-Air meine Eltern im Ozean versenkt hat, kann ich mich nicht bis ans Lebensende auf Geldgeschenke verlassen.

Jede Woche kriecht eine Putzfrau über den Parkettboden, und das Jugendamt schickt Sozialarbeiter vorbei, meist freundliche Männer aus der Generation der engen Hosen. Sie loben meine Fortschritte auf emotionalem Gebiet. Ob ich irgendwelche Wünsche habe? Klar habe ich die. Manche Gegenstände in dieser kolossalen Wohnung am Lerchenfelder Gürtel 304 tun mir im Schädel weh.

Ein Transportunternehmen schafft das Ehebett fort, bei dessen Anblick mich Zwangsvorstellungen von den ineinander verschlungenen Körpern meiner Eltern bedrängt haben. Falls sie nicht von Haifischen gefressen wurden – eine solche Theorie vertrat der *Bunte Hund* im April 02 – liegen ihre Reste in einem Kilometer Tiefe.

In der Tiefe von 800 Metern geht der Dämmerungsbereich in den Dunkelbereich über.

Der Käfig des verstorbenen Sittichs Leopold bleibt hängen. Mit offenem Tor wartet er vergebens auf die Rückkehr seines Bewohners. Ich fotografiere den leeren Käfig hundert Mal. Der Therapeut, dem ich die Serie zeige, macht ein verdutztes Gesicht.

Das Elternschlafzimmer betrete ich kaum, ebenso das frühere Wohnzimmer. Zwischen Tanjas und meinem Raum liegt ein menschenleerer Streifen, öde wie ein Tiroler Gletscher. Ich bezeichne ihn als *Geisterzone.* Dieser Puffer schützt mich vor fruchtlosen Gesprächen über Vater und Mutter (*Papa* und *Mama* sind als Bezeichnungen für Fischfutter unpassend). Nach Tanjas Auszug taufe ich den Rest der Wohnung *Geisterstadt.*

04

Im Jahr 2003 klingelt mein Wecker normalerweise um fünf Uhr morgens. Ich packe meine Petersburger Kamera und einige Filme ein und wandere die Route der Ubahnlinie U6 ab. Zuerst Floridsdorf, dann Siebenhirten. Alle paar Schritte schieße ich ein Foto. Wo die Trasse unterirdisch führt, gehe ich an der Oberfläche weiter.
Nach wenigen Wochen habe ich die U6 im Kasten, anschließend sind U1, U2, U3 und U4 an der Reihe.
Bald besitze ich die vermutlich umfassendste Ubahn-Dokumentation Europas: *Geisterrouten.* Das Projekt wird mit dem Schadenersatz finanziert. In den folgenden drei Jahren wandere ich die Bezirksgrenzen ab, der Reihe nach, vom 1. bis zum 23. Bezirk. Die neue Fotoserie heißt *Geistergrenzen.*
Die Geister helfen mir, den Tod in der Pubertät zu überstehen.

Ich bemühe mich, eine mindestens so hemmungslose Jugend hinzulegen, wie meine Schwester zehn Jahre zuvor. In Abwesenheit von Erziehungsberechtigten, die Verbote aussprechen, ist das gar nicht einfach.
Einmal springe ich mit einem Schulkollegen von der Reichsbrücke in die Neue Donau.
Auf Empfehlung ihres Therapeuten schenkt mir Tanja einen Zehnerblock Bungee-Jumping.

Ich werde zum Star des Gymnasiums. Ich komme und gehe nach Belieben, am Ende des Jahres lassen mich die Lehrer trotzdem aufsteigen. Merkwürdigerweise wächst mein Ruhm. Einmal streue ich das Gerücht, ich würde *jeden Quadratzentimeter* der Schule fotografieren. Der Direktor macht sich fast die Unterhose gelb. Nach langwierigen Diskussionen blase ich die Aktion ab. Die Mitschüler halten mich für mächtig, reich und verrückt.

Im Jahr 2007 erlange ich die gesetzliche Volljährigkeit. Tanja, die ihren Turnus in einem Wiener Spital absolviert, zieht in eine Garçonniere im 9. Bezirk.
Für mich steht fest, dass sie sich wieder dem Geschlechtsverkehr mit Männern widmen möchte. Seit dem Absturz der *Karajan* sieht ihre Bilanz nicht gerade rosig aus. Einige Nächte hat sie auswärts verbracht, doch kein einziges Mal ist ein Liebhaber bis zum Lerchenfelder Gürtel 304 vorgedrungen.
Wie eine Wüste frisst sich die Leere durch die 130 m^2. Ich bleibe in meinem Bereich: das Hauptzimmer zur Gürtelseite, die Wohnküche zur Ottakringer Seite und das Vorzimmer mit dem dranhängenden Klo.

Tanja hinterlässt einen Stapel von Anatomiebüchern, in denen jeder einzelne Muskel und jeder einzelne Knochen abgebildet ist. Unter ihrem Schreibtisch liegt eine Arzttasche mit allen notwendigen Geräten für eine Operation. Sie hatte sie eines Tages aus dem AKH gebracht. Die Tasche ist abscheulich, aber ich bin ja nicht so. Falls mein Blinddarm eines Tages rebelliert hätte, dann hätte ich Tanja meinen Bauch zu Trainingszwecken zur Verfügung gestellt.
Mittlerweile ist sie wahrscheinlich zu feig zum Operieren. Das hat mit ihrem Freund Adalbert zu tun, einem jener Männer, die ihre Partnerinnen in Einfamilienhäusern zu psychischen Wracks mit Nachwuchs umformen. Die beiden haben sich vor zwei Jahren auf einem Cab-Rave (viele Leute, die in den Siebziger Jahren geboren sind, begeistern sich für die Vermischung von Cab und Rave) *ineinander verliebt.*
Adalbert: *Web-Application-Designer*, Dreitagesbart, geschwungenes Kinn. Sein Lächeln ist ein pures Zahnfleischkaleidoskop.

– Wie findest du ihn?, hat Tanja gefragt, als sie mir das erste Mal ein Foto zeigte, aufgenommen mit einer Fuji-one-way.
Besonders widerlich an solchen Kerlen ist, dass sie einen von Beginn an zur Lüge zwingen.
– Eh ganz nett.
– Was heißt *eh ganz nett*? Wahnsinnig süß ist er!
– Das Maul hat er halt offen.

Bis zu meinem 19. Geburtstag habe ich die Matura in der Tasche und mit sieben Schulkollegen geschlafen. Manchmal denke ich, ich weiß nichts über mich. Gut, ich kenne mein Alter und mein Geschlecht, aber ich grüble tiefer. Manchmal weiß ich nicht einmal, ob ich gerade aufs Klo muss. Andere Leute wissen das immer.
Die Männer zum Beispiel, denen bleibe ich fremd.
Und umgekehrt.
Meine Kollektion umfasst 30.000 Fotografien. Bei den meisten habe ich vergessen, wann, unter welchen Umständen und was genau ich da geschossen habe. Irgendwie ist das, worauf es ankommt, nicht zu sehen.

05

Im Frühling 2008 interessiert mich noch immer alles, was mit Fotografie zu tun hat. Nur an eine Liebesgeschichte mit einem uralten Fotografen hätte ich nie gedacht.

Joe Kant ist ein schwarz gekleideter Mann mit einem Bubengesicht. Er fotografiert Menschen, die durch Asphaltlandschaften taumeln. Wenn die Bilder eine Botschaft haben, dann ist es die Einheitlichkeit der Menschen in der individuellsten aller Epochen: Wir kleiden uns identisch, wir plappern Phrasen nach, über unsere Phonys senden und empfangen wir deckungsgleiche Informationen. Vor der Kamera von Joe Kant sind wir Millionlinge. Diese Uniformität schafft eine beängstigend lebendige Atmosphäre.

Kant macht Schwarzweißaufnahmen mit einer analogen Leica M6. Wenn man aufmerksam ist, kommen sie einem farbig vor.

Am 19. April 08 wurde die Joe-Kant-Retrospektive in der Kunsthalle eröffnet. Tanja besucht mich am Lerchenfelder Gürtel und hilft mir mit den Affenschaukeln (ich bin eine der ersten, die das wieder tragen). Sie nennt meine Frisur „Retro-Scheiß“, hat aber Spaß daran.

Im *Bunten Hund*, den ich abonniert habe, schreibt ein Kritiker: *Joe Kant ist der einzige österreichische Fotograf, dessen Arbeiten den riesigen Ausstellungsraum, an dem so viele gescheitert sind, ausfüllen*.

Tanja findet den *Bunten Hund* zum Kotzen. Immerhin hat er unsere Eltern als Fischfutter bezeichnet. Mich fasziniert weniger der Inhalt als die knallige Illustration.

Ich hätte jeden für verrückt erklärt, der mir prophezeit hätte, ich würde ein Jahr später selbst für dieses Revolverblatt fotografieren.

Bei der Vernissage planen wir eine Plünderung des Buffets und ein Besäufnis mit Gratiswein.

Nach einer Reihe langwieriger Reden steigt Kant auf das Podest. Ich finde ihn ziemlich arrogant.
– Ich habe der intellektuellen Kraft der Vorredner nichts als meine Bilder entgegenzusetzen. Und wie ich sehe, füllen die Menschen dieser Bilder, zumindest heute abend, den riesigen Ausstellungsraum. So schauts nämlich aus!
Sein frecher Zusatz gefällt mir, und ich beschließe, ihn von nun an ebenfalls zu verwenden. *So schauts nämlich aus.* Mit ein bisschen Hohn und etwas Resignation im *So.*
An diesem Frühlingsabend geht der Weißwein runter wie Wasser, was bei mir elementar ist, denn ich mache mir nichts aus Wein. So schauts nämlich aus.

Wir wechseln in die Kunsthalle, danach ins Fönix, wo ich mir ein paar Realos, Irrealos und Relaxers besorge. Einige Stunden tanzen wir zum härtesten Cab der Stadt. Ein Typ mit einem Tersing am nackten Oberkörper umschwänzelt mich.
Aus Tanzen mache ich mir so wenig wie aus Wein. Nur mit Tabletten geht es halbwegs. Aber wenn es eine Musik gibt, zu der ich gerne tanze, ist es Cab. Obwohl ich mir auch aus Cab nichts mache. Manche Leute laden nächtelang Cabgrooves über das Phony runter oder spielen sie auf die Infobase. Der Typ mit dem Tersing ist bestimmt so. Er möchte Kontakt zu meinen Affenschaukeln herstellen, aber ich lasse ihn abblitzen.
Männer, die mit geterstem Oberkörper durch Lokale wie das Fönix tanzen, tauchen über kurz oder lang in einer Singleshow auf.
Irgendwann habe ich mich genug bewegt. An einem der turmartigen Hochtische warte ich auf Tanja, die mitten in der wogenden Menge ihre zerronnenen Nuller Jahre niedertanzt. Sie

schwankt angetrunken, aber mit konzentrierter Eleganz durch einen Haufen bunter Würmer.

An der Bar beschaffe ich mir Mexikobier aus der Dose. Ich mag das metallene Gefühl auf den Lippen und die Gänsehaut unterhalb des Jeansstoffs bei jedem großen Schluck. Man wird regelrecht aus den Schuhen gehoben. Überhaupt fasziniert mich die künstliche Veränderung des Bewusstseins.
Realos, Irrealos und Dosenbier machen einen nicht gerade gescheiter – aber kluge Gespräche werden in Lokalen wie dem Fönix erbarmungslos vom Cab niedergewalzt.
Ab 03:00 kommen Leute von der Kunsthalle ins Fönix, unter ihnen Joe Kant. Offensichtlich kennt er Cab nur vom Hörensagen. Neben ihm steht ein Mädchen, das in meinem Jahrzehnt geboren wurde, schmal und gelbblond. Er redet auf sie ein.
Eine halbe Stunde später ist die Blonde weg. Ich mache mir wenig Sorgen. Sie geht bestimmt dorthin, wo hübsche Mädchen in der Nacht hingehen, wenn sie sauer sind.
Mir selbst würden eine Menge Orte einfallen, die Blonde kennt sicher doppelt so viele.

Vier Stunden später hat sich das Fönix gelichtet. Über den Boden trudeln Dosen. Ein paar Einzelgänger sitzen an den Hochtischen.
Die Tische müssen diese Höhe haben, weil die verdammten Barhocker einen Meter emporragen. Über eine kleine Leiter an der Rückseite werden sie bestiegen. So ein Hocker kostet sicher 2.000 €. Man nennt das Design, und im Grunde kotzt es mich schon vor meinem Missgeschick an.
Nach zwei weiteren Mexikobieren nicke ich ein.
Radiomusik löst den Cab ab.
Am Ende läuft das Lied von Falco aus den Achtziger Jahren, bei dem ganz Wien auf Kokain ist, überhaupt in der Ballsaison.

Falco ist in Mode, im Gegensatz zu Kokain. Tanja wippt im Takt mit.
– Relativ durchgeknallt, dieser Kant, mit der blonden Freundin, sagt sie.
– Hm?, frage ich, während das Bier auf meinem Gaumen die Temperatur eines Badesees annimmt.
– Anabella.
– Was heißt Anabella?
– Der Name der Freundin. Anabella. In der *Kronen Zeitung* stand was von dieser Romanze. Sie ist 35 Jahre jünger als er.
– Wie alt ist er denn?
Für mich gehört Joe Kant in eine diffuse Epoche, in der Typen wie Falco ununterbrochen o-o-o-o ins Mikrofon gesungen haben, diese nervtötenden Quintenostinati.
– Geboren 1950. 58 Jahre. Weißt du, wie ihn Anabella in zärtlichen Stunden nennt? *Dead Man Walking!*
So lustig ist die Sache gar nicht, doch ich verliere völlig die Beherrschung. Ich dresche mir auf die Oberschenkel.
– Dead Man Walking! Das ist gut! Joe Kant ist Dead Man Walking!
Tanja blickt mich komisch an und winkt irgendwie ab, doch mir ist unklar, worauf sie hinaus will.
– Dead Man Walking! – brülle ich. – Großartig! So schauts nämlich aus! Joe Kant! Dead Man Walking!
Tanja wiegt den Kopf, halb mitleidig, halb verzweifelt und deutet auf einen Punkt hinter meinem Rücken.
– Dead Man Walking!
Ich drehe mich aus voller Kehle lachend um. Einen halben Meter weiter steht Joe Kant alias Dead Man Walking und blickt mir in die Augen. Ich verliere das Gleichgewicht, falle mit dem Barhocker um und stürze in die elendstiefen Schluchten des Fönix.

Diagnose: leichte Gehirnerschütterung und Bruch des Kahnbeins, ein Knochen am Handballen. So muss sich der Verlierer eines Boxkampfs fühlen, der gegen Wladimir und Witali Klitschko gleichzeitig angetreten ist.
Zwei Tage danach werde ich aus dem Allgemeinen Krankenhaus nach Hause geschickt. Am dritten Tag, Tanja bringt mir gerade eine Tasse Tee ans Bett, klopft es.
– Wer ist da?
– Dead Man Walking!, antwortet eine feste Stimme aus dem Stiegenhaus.
23. April 2008, ein Datum für den Wandkalender.
Ich schätze, ich habe während seines gesamten Besuchs kaum zwanzig Worte von mir gegeben.
Joe Kant sieht verwegener und jünger aus als im Fönix. Auf dem Kinn sprießen graue Stoppeln, und seine Haut ist viel zu glatt für die eines Mannes mit Geburtsjahr 1950.
– Du kannst mich ruhig Dead Man Walking nennen.
Ich schüttle den Kopf. Sein Inhalt fühlt sich an, als wäre er durch einen Fleischwolf gedreht worden. Anabella, Kants blonde Begleiterin im Fönix, muss unglaublich selbstsicher sein, um ihm einen solchen Namen zu verpassen.
– Eines möchte ich wissen, wer hat dich auf diese Idee gebracht? Nur nichts Falsches sagen!
– Fiona sollte heute nicht viel denken. So bleibt fürs nächste Mal ein Gesprächsstoff! unterbricht Tanja.
Eine Welle von Wut macht mich stumm.
– Gute Besserung!, sagt Joe Kant zum Abschied.
Ich drehe mich zur Wand.

06

Nach einem Barhockersturz darf das Gehirn nicht belastet werden, doch Tanjas Geständnis erschüttert es von innen.
Das Model Jane Mooreham (wie ich 1989 geboren) bezeichnete nämlich einen abgetakelten Schauspieler namens Richard Gere wegen seines Alters als Dead Man Walking. Der Ausdruck bezog sich auf einen Todesstrafen-Film in den USA der frühen Neunziger Jahre.
Tanja gibt zu, mir in der Euphorie jenes Abends im Fönix eine Lüge aufgetischt zu haben:
– Ich sah Joe Kant auf einem Foto mit diesem blonden Mädchen und erfand eine österreichische Version der Geschichte. Erstens konnte ich nicht wissen, dass du so ausrasten würdest. Zweitens wusste ich nicht, dass Kant zu diesem Zeitpunkt im Fönix war. Und ich konnte drittens nicht wissen, dass du bei seinem Anblick vom Barhocker stürzen würdest und er dich viertens am Lerchenfelder Gürtel besuchen käme!
Das alles hatte sie natürlich nicht wissen können.
– Warum unterbrichst du unser erstes Treffen und schickst ihn fort?
– Joe Kant kommt wieder. Dead Man Walking kommt wieder. Erstens hat er es versprochen. Und zweitens kenne ich die Männer.

Das bezweifle ich, bis Dead Man Walking das nächste Mal klopft. Ich bin alleine und im Pyjama.
Seine Haare sind borstig. Sein Lächeln ist rosig. Über seiner Schulter hängt eine Leica M6, die sicher 10.000 € wert ist. Er streckt mir den Ausstellungskatalog von der Kunsthalle entgegen.

– Ein Geschenk. Du schaust schon viel besser aus!
Kant hält Kahnbeinbruch und Gehirnerschütterung offenbar für sowas wie eine Grippe.
– Du heute auch! So schauts nämlich aus!, rufe ich, weil ich in heiklen Situationen zu Frechheiten neige.
– Was sagen die Ärzte?
– Der Gips bleibt sechs Wochen … Nett, dass du kommst.
– Naja, bisher stürzte wegen mir noch niemand von einem Barhocker.
– Einmal ist immer das erste Mal.
Mein Pessimismus fügt innerlich hinzu, dass einmal auch immer das letzte Mal ist. Joe Kant, der nichts von meiner düsteren Gedankenwelt ahnt, lächelt schüchtern.
Mir gefällt sein Lächeln, es ist frisch wie ein Windstoß am Strand, der die Schirme durcheinander wirbelt.
Wir sind einander gleich vertraut. Barhockerstürze verbinden, vor allem wegen ihrer Seltenheit. Einmal hat mir meine Schwester einen Roman aus dem Jahr 1998 geborgt. Er handelte von vietnamesischen Mafiosi, deren Anführer sich bei einem Sturz vom Barhocker beide Ellbogen bricht. Der Name des Autors – Tanja kannte ihn persönlich – fällt mir nicht ein, aber der ist inzwischen auch schon über vierzig.
Meine Gefühlswelt wandert auf dem schmalen Grat zwischen Wagemut und Perversion.
Ich habe noch nie mit einem Jungen geschlafen, der vor 1985 geboren wurde. Solche unpassenden Überlegungen gehen mir durch den Kopf.
Zum Glück besitze ich 30.000 Garantien, dass uns der Gesprächsstoff nicht ausgeht. Sie füllen die Regale, türmen sich an den Wänden, lappen aus Kisten.
Es ist das, was er *die Arbeit* nennen wird. Ein revolutionärer Blickwinkel: Meine Fotos als Arbeit zu begreifen, als gigantisches verrücktes Werk.

– Entschuldige, mir brummt der Schädel …, sage ich ins Blaue hinein, denn Joe Kant stellt schon zum zweiten Mal die gleiche Frage.
– Dein Geschrei übertönte die Falco-Nummer. Wie seid ihr also auf Dead Man Walking gekommen?
Ich hatte Tanja versprochen, Joe Kant niemals die Entstehungsgeschichte des Spitznamens zu verraten.
– Du bist eben nicht der Jüngste. Dead Man Walking, das erinnert an Falco. Helden aus einer anderen Zeit. Du hast bestimmt eine Sammlung dieser großen schwarzen Platten daheim!
Mein Manöver ist nicht stubenrein, aber es taugt als Ablenkung.
– Klar hab ich Vinylplatten. In meinem Atelier könnte ich sie dir zeigen. – Er lacht befangen. – Fotografierst du nur in Farbe?
– Früher mit einer Lomo aus Petersburg, jetzt mit einer Nikon.
– Schwarzweiß reizt dich nicht?
– Ich bin keine Künstlerin.
Diesen Satz bereue ich sofort, weil er trotzig klingt. Außerdem habe ich leicht reden: Mein Geld für das Fotomaterial stammt aus dem Schadenersatz.
– Alle sind keine Künstler. Fotografieren ist keine Kunst. Es gibt bessere und schlechtere Fotos. Das übrige ist Hochstapelei.
– Warum hast du den Katalog mitgebracht, wenn die Fotografiererei keinen Wert hat?
– Dass sie keinen Wert hat, behaupte ich nicht. Von diesem Katalog kannst du lernen. Meiner Ansicht nach macht niemand sonst so gute Fotos wie ich.
Was ich gleich an ihm mag, ist die Ernsthaftigkeit, mit der er unverschämte Dinge sagt. Neben seiner Meinung bleiben immer noch ein paar Quadratmeter für Widerspruch.
– Laut deiner Theorie ist auch ein Schauspieler kein Künstler. Ein Musiker noch weniger.
Mir fällt auf, dass ich Joe Kant nach dem Mund rede.
– Interpretation ist eh Kunst. Aber die Interpreten nerven.

Zwei Stunden danach hängen wir zur ZIB an Traxls Lippen. In Benelux treten die ersten BURN-Fälle auf.
– Die werden sich noch die Unterhose gelb machen, sagt Joe Kant. – Da verbrennen Menschen von innen, keiner weiß, warum. Das lösen die nie!
Sein gesunder Pessimismus imponiert mir. Natürlich befürchte ich ebenfalls das Schlimmste. Ich kann gar nicht anders.
Damals glaubt der Laie ja noch, dass die Bauchhöhle der BURN-Opfer einfach oxidiert. Hinterher wird sich herausstellen, dass durch körpereigene Enzyme in den Immunzellen der Opfer Stickoxid erzeugt wird. Das BURN-Virus nimmt ein Gen auf, das diese Neutrophile in einen orgiastischen Stickoxidsyntheserausch versetzt. Und die Neutrophile sind effizient! Sie töten alle virusbefallenen Zellen. Eigentlich wäre der Betroffene schon wieder gesund. Wenn nicht gleichzeitig durch diese hohen Stickoxidmengen Niere und Herz geradezu chemisch zersetzt würden.
Oder so.
Hat mir alles Tanja erklärt, bevor es Allgemeingut wurde. Als pessimistischer Mensch merke ich mir brisante Zusammenhänge ganz leicht.
Aber hinterher hat man überhaupt leicht reden. Damals stützten wir uns eher auf Verschwörungstheorien.
– Vielleicht wissen sie es, und machen es nicht publik. Vielleicht sterben wir in den nächsten Monaten alle aus.
– Es könnte die schlimmste Seuche seit Aids werden – meint Kant, und zumindest damit sollte er Recht behalten. – Stell dir vor, sie haben keine Ahnung, wie es übertragen wird! Und diesmal können sie sich nicht auf die Afrikaner ausreden. BURN ist hausgemacht, wie der Säugerwahnsinn.
Sein Optimismus, was Afrika betrifft, ist verfehlt.
Aber 08 weiß man nur von den Fällen in Benelux.
– Allein der Name ist schlimm … eine grausige Vorstellung, dass einem sowas passiert. Keine Vorwarnung, zwei drei chemische

Reaktionen und – paff – schon oxidieren deine inneren Organe. Man weiß damals wirklich wenig von der Seuche, und das Wenige wird vom *Bunten Hund* verschärft unter die Leute gebracht.

Später kommen wir doch noch auf den unbewältigten Teil unserer gemeinsamen Vergangenheit zurück.
– Wie soll ich dich nennen? Joe?
– Um Himmels Willen! Dead Man Walking genügt mir vollständig.
– Dead Man Walking ist eine Spur zu lange.
– Dir fällt sicher bald was ein.
Damit hat er recht.
DMW.

07

Im Mai 2008, drei Wochen nach unserer ersten Begegnung, schlafen wir zum ersten Mal miteinander. Joe Kant alias Dead Man Walking alias DMW ist überhaupt nicht so zerknittert, wie man bei einem Uraltmann befürchtet. Nicht einmal seine Knochen quietschen.

Aus zwei Metern Entfernung könnte DMW 35 sein. Seine struppigen schwarzlila Haare und die Frentzen-Kotletten geben ihm etwas Jugendartiges.

Der Geruch seiner Haut erinnert an Wäsche, wenn sie noch feucht ist. Er gehört zu dieser Generation der Männer mit den engen Hosen. Eigentlich scheußlich. Aber ihm passen sogar die. Einige Bekannte schauen mich schief an und formulieren ihren Sensationsbericht. *Fiona mit einem 1950 geborenen Mann! Noch dazu der prominente Joe Kant! Perversion! Der Vater ist verunglückt, nun sucht sie Ersatz.* Dagegen hilft auch nicht, wenn ich auf meine ohne Ausnahme nach 1985 geborenen Ex-Freunde hinweise.

Es ist ja wirklich ein eigenartiges Gefühl. Mein Vater hätte in diesem Mai seinen 49. Geburtstag gefeiert.

Aber dieser Vater ist eine Figur aus der Vergangenheit, der mit meiner Mutter in eine falsche Maschine gestiegen ist.

Es gab da einen widerlichen Arzt aus Thüringen, der aus irgendwelchen Gründen auf den Flug mit der *Karajan* verzichtet hat. In der *Coolen Neunziger-Show* von Vera Russwurm (das war noch vor ihrer politischen Karriere) behauptete er, er hätte den Absturz vor den Fidschiinseln vorausgefühlt. Ich malte mir ein Mordkommando aus, das ich nach Thüringen schicken würde. Das Mordkommando würde er bestimmt nicht *vorausfühlen.*

DMW ist der erste Mensch, mit dem man vernünftig über die *Karajan* reden kann.
– Hast du der Lauda-Air verziehen?, fragt er.
– Große Unglücksfälle sind etwas sehr Unpersönliches. Da kommt man nicht weiter mit Verzeihen. Ich glaube mittlerweile, es gibt keine Flugzeugabstürze.
– Das hilft?
– Nur, solange das Licht brennt. Es ist ähnlich wie Gespräche über die Hungersnot in Kalifornien, verstehst du?
– Ich weiß. Man müsste gegen die Wand rennen.

Von Juni bis September lieben wir uns, meistens in seinem Loft in der Schottenfeldgasse. Hinter einem Mauervorsprung gibt es ein Matratzenlager. Daneben steht die größte Badewanne, die mir je untergekommen ist. Sie ist fast schon ein kleiner Swimmingpool. Links und rechts ragen Zwergpalmen in die Höhe.
Häufig liege ich in der Wanne vor dem TV. Am liebsten sehe ich damals Quiz und Politik. Beides hat etwas niederschmetternd Borniertes. Man kann sich über die Dummheit der anderen empören. Im Sommer 08 ganz besonders, weil sich die *Europäische Union* nach ihrer Dauerkrise unter dem Namen *Union* neu gegründet hat. Der Aufmarsch all der begossenen Pudel hat etwas Spaßiges.
Laufend wird von den Entwicklungen im Kampf gegen BURN berichtet. Die Todesfälle in Europa gehen zurück.
Traxl präsentiert diese Abende souverän. Er lächelt kein einziges Mal, denn es gibt nichts zu lächeln. Außer vielleicht, wenn mir DMW eine Zehe in die Kniekehle drückt. Aber das sieht Traxl nicht.

Durch die riesigen Scheiben des Lofts vergrößern sich die Sonnenuntergänge wie durch eine Lupe. An allen Gegenständen

klebt Farbe. Es ist wie in meiner Kindheit, eine reine, scharfe Luft, die irgendwie mit Glück zu tun hat.
– Seit wir uns kennen, sind Sonnenuntergänge so spektakulär!
DMW hat ernsthafte Antworten auf meine Gemeinplätze, und das mag ich an ihm.
– Wegen der Witterung der Atmosphäre – sagt DMW. – Die Atmosphäre besteht aus Teilchen, die alle paar Jahre ihre Zusammensetzung verändern. In gewissen Jahrzehnten herrscht eine gute Konstellation für farbige Schattierungen. Die Wolken glänzen. Aber natürlich hängt das alles auch von der Liebe ab! Es muss deprimierend sein, in einem Jahrzehnt zu sterben, in dem die Teilchen dunkle Schattierungen bilden.

DMW hat die geschmeidigen Bewegungen einer Raubkatze, das mag ich auch. Glaube ich zum Beispiel, er ist ausgegangen, steht er plötzlich hinter mir. Nicht, dass ich mich beobachtet fühle. Aber man überhört ihn, so selbstverständlich bewegt er sich innerhalb der vier Wände. Er stößt nirgends dagegen, während ich dauernd Bücherstapel niederrenne.
Die Aufmerksamkeit seines Körpers ist nicht gekünstelt, sondern ganz materiell.
Dazu gehört auch, dass ich noch nie mit jemandem geschlafen habe, der dabei so unpeinlich war. Mit ihm ist es wie Schwimmen gehen, nur ohne das Wasser. DMW eignet sich für körperliche Vereinigungen und bildet sich nichts darauf ein.
Einmal frage ich ihn, ob das mit Erfahrung zu tun hat.
– Manche Menschen haben immer guten Sex, andere nie. Die Gefahr ist nur, dass man es persönlich nimmt …, antwortet er.
– Du meinst, du würdest auch mit einer anderen Frau …?
– Klar!, antwortet er. – Hab ich früher ebenfalls.
Auf Fotografien aus dem letzten Jahrhundert hat DMW etwas Überschäumendes, eine fast lästige Vitalität. Seine Freundinnen,

auch wenn sie inzwischen verblichen sind und wer weiß auf welchem Friedhof ruhen, waren ausnahmslos Schönheiten.
Ich glaube, ich bin relativ verrückt nach DMW.

Ab September machen wir mit dem Rest des Lebens weiter. DMW bereitet Ausstellungen vor, ich sitze in der Badewanne, lasse meine Zöpfe ins Wasser hängen und analysiere die Zukunft.
Außer Fotografieren habe ich wenig Perspektiven. Vom Schadenersatz ist kaum mehr was übrig. Ein Studium wäre ein teurer Spaß.
Einer wie Traxl hat bestimmt studiert, überlege ich während der ZIB, aber trotz aller Ehrfurcht: Ich möchte kein Traxl werden. Zuerst studieren, dann nennt dich deine Frau *Specki.*
Wieder einmal finden Wahlen statt. Die Union droht Österreich mit dem Ausschluss, falls Ulf Schneyder Kanzler wird. Aber Schneyder bleibt bei den 08er-Wahlen unter 40 Prozent. Der Konzentrationsblock formiert sich, Kanzler Bendrosch wirbt um Vertrauen für ihn und Finanzminister Fleischhang. Zumindest bei Fleischhang habe ich meine Zweifel.
Die Gegenspieler von Ulf Schneyder sind ja genauso gruselig: Das ist das Problem! Sie werfen den Patrioten von der *Freien Front* vor, unpatriotisch zu handeln. Und umgekehrt. Mir kommt nur eines seltsam vor. Warum sind die braven Staatsbürger so penetrant auf der Seite von Österreich?
Es müsste doch selbstverständlich sein, dem eigenen Staat (es ist immerhin jener, den man am besten kennt), mit Misstrauen zu begegnen, meinetwegen mit Abneigung oder Hass.

Ich bringe Schwarzweißfotos von entvölkerten Fabriksgeländen und von Autobahnpisten zustande, von verschimmelten Türmen oder von Stacheldraht. Doch sobald sich ein Mensch auf meine Bilder verirrt, sieht er fischig aus. Wo bei DMW *die Uniformität*

den Charakter gestaltet, geht er bei mir im Spiel der Grautöne verloren.
Ich weiß nicht. Vielleicht vermeide ich eine Auseinandersetzung mit dem Joe Kant, der die Kunsthalle füllt.
DMW richtet mir eine Dunkelkammer ein. Aber meine besten Bilder bleiben die stinknormalen Farbfotos, solche auf 100-ASA-Fujifilmen, mit der Nikon aus dem Handgelenk heraus geknipst. Ein Foto gefällt DMW besonders: Im Regenlicht steht eine Bierdose neben einer Coladose, dahinter brachliegendes Gelände. Ein bisschen das Flair von New York. Die Donau glänzt wie ein Spannteppich, darüber erhebt sich der Millenniumstower, aus dem Nebel sticht der gelbe Mobilfriedensturm.
Später bin ich in dieser Gegend für den *Bunten Hund* unterwegs. Statt den Dosen stehen da zwei Neubauten. Die Stadtverwaltung hat junge Familien herbeigeschafft, zur Füllung von Eigentumswohnungen.

08

Hetzen lasse ich mich überhaupt nicht. So schauts nämlich aus. Besonders wenn einer wie Charlie plötzlich in meiner Wohnung ist, meine Katze beleidigt und überhaupt den Eindruck eines Zahnfleischproblems auf zwei Beinen erweckt.
Er hat, während ich Schmutz ins andere Zimmer getragen habe, unaufgefordert Geisterstadt einen Besuch abgestattet.
„Willst du mich nicht ins Wohnzimmer bitten?“, grinst er, obwohl er eh schon in der Küche steht.
Trotz der Hitze wird mir kühl. Ein solches Grinsen lernt man, wenn man einen Spiegel hat und sehr viel Zeit für sich alleine.
„Von Wollen ist gar keine Rede, Charlie.“
„Ich glaube, du warst zehn, als man dich das letzte Mal sah. Gewachsen bist du.“
„Jeder meiner 167 Zentimeter möchte dich rauswerfen.“
Er grinst, seine Mundwinkel zeigen abwärts, ganz wie früher. Bilder aus der Vergangenheit rennen mir durch den Kopf. Eigentlich heißt Charlie *Carl*, mit C am Anfang. Er war der allerwildeste Kerl aus Tanjas wilder Phase, so ab 1994.
Die Nachbarn versanken bis über die Ohren in ihren Fernsehsofas, wenn sein Schlüsselbund, der an einer silbernen Kette befestigt war, durch das Stiegenhaus schepperte. Damals trug er Stiefletten, seine Haare starrten von Motoröl, er plünderte Zigarettenautomaten und wurde gerade strafmündig.
Bei 15-jährigen Mädchen aus Allgemeinbildenden Höheren Schulen war dieser 1,90-Junge ein Durchschlagserfolg. Er finanzierte sich mit dem Verkauf von Trips, die er über einen Chemiestudenten bezog. Tanja wurde bei allen möglichen schiefen Aktionen eingespannt.
Als Vorschülerin beschäftigte ich mich damals mit der Perfektion

meiner Game-Boy-Technik, und Charlie war mein Alptraum. Nicht nur meiner. Unsere Eltern verpassten ihm Hausverbot, und es gab eine Menge Geschrei.
Das Problem löste sich fast biologisch. Charlie kam ins Gefängnis, wurde entlassen, drehte wieder ein Ding und trat eine längere Strafe an. Tanja schien von ihm loszukommen. Zu dieser Zeit war sie quer durch Wien unterwegs, auf Raves. Im Gasometer lernte sie (erzählt sie zumindest) ihren nächsten Freund kennen, einen Chemiestudenten namens Ignaz, sauber, wohlerzogen und damals noch fünfzig Kilo leichter.
Es handelte sich natürlich um jenen Chemiestudenten, der die Trips für Charlie produziert hat. Doch das habe ich erst viel später erfahren.

Noch später, nämlich jetzt, muss ich mir überlegen, wie ich Charlie wieder loswerde.
Ich atme durch.
„Verlass sofort meine Wohnung!“
„*Deine Wohnung?* Dass eure Eltern weg sind, las man ja in der Zeitung. Tanja war meines Wissens nicht dabei.“
Sein linker Mundwinkel ist der einzige Teil an ihm, der sich bewegt.
„Ich hole die Polizei.“
„Die Polizei? Nach so langer Zeit besucht man euch, dann willst du gleich die ganze Polizei dabei haben? Möchtest du mir nichts zu trinken anbieten?“
„Das möchte ich absolut nicht.“
Er fischt sich eine Bierdose aus dem Kühlschrank und setzt sich breitbeinig an den Küchentisch. Ich nehme mir ebenfalls ein Bier, setze mich ihm gegenüber und donnere die Dose auf das Resopal.
„Na also“, sagt er, „Wo ist Tanja?“
Ich antworte nicht.

Dafür läutet das Phony im Hauptzimmer. Ich will aufstehen, aber er langt über den Tisch und drückt mich in den Sessel zurück. Seine Hand fühlt sich an wie ein Ziegel.

„Ich erwarte einen Anruf. Mein Freund kommt jeden Moment vorbei. Mein Freund …"

„Du hast nur einen einzigen Freund, und der sitzt dir gegenüber. Wo ist deine verdammte Schwester?"

Das Phony stellt sein Läuten ein.

„Weiß ich nicht. Wir sind zerstritten und haben keinen Kontakt."

In seinem Schädel arbeitet es, offenbar überrascht ihn diese Wendung. Seine Lippen geben den Blick auf die dunkelblauen Zahnstummeln frei.

„Wenn du einen Scheiß erzählst …"

Charlie sucht nach einem Indiz für Tanjas kürzliche Anwesenheit in dieser Küche. Er scheint keinen Ansatz zu finden und nestelt seine Zigaretten aus der Hemdtasche, natürlich Marlboro. Einen solchen Mann in der Küche zu haben, das ist wie ein Pickel neben der Brustwarze.

„Gutes Bier!"

„Du bist nicht wegen der Qualität meines Biers hier."

„Richte ihr aus, man weiß etwas über Ignaz."

„Lass Ignaz in Ruhe!"

„Der ist dir wohl ans Herz gewachsen? Du würdest nicht wollen, dass es ihm schlecht geht?"

Er entzündet eine Marlboro mit einem Refill-Lighter, wie man ihn im vergangenen Jahrzehnt verwendet hat. Der Gestank schwappt zu mir herüber. Ich halte verbissen meinen Drang nach Nikotin nieder, weil die Gemütlichkeit einer gemeinsamen Zigarette einfach nicht passt.

„Du kannst auch Ignaz ausrichten, dass man Bescheid weiß."

„Wenn du mir nicht sagst, worum es geht, richte ich niemandem gar nichts aus."

Er schaut mir in die Augen.

„Der fette Ignaz ist ein Bankräuber", sagt er.
„Was?"
„Nichts *was*. Er hat eine Bank ausgeraubt."
„Die Nationalbank?" Mir kommt ein Lachen aus. „Die Goldbarren in seinen Hosentaschen sind mir auch schon aufgefallen."
Charlie ascht auf die Tischfläche.
„Jetzt sind wir schon vier, die das wissen. Bald könnten es noch mehr sein."
Er drückt die Marlboro auf dem Resopal aus und erhebt sich.
„Ich glaub dir kein Wort."
„Frag ihn. Stichwort Lassenhofen."
„Lassenhofen?"
Charlie ist bereits im Vorzimmer. Zum Abschied hebt er eine Augenbraue. Die Mundwinkel zeigen abwärts wie bei einem Walross. Der Kerl muss im Knast hauptsächlich damit beschäftigt gewesen sein, die Mimik von TV-Unholden nachzuahmen!
„Bis bald. Wir hören sich."
Die Tür knallt von außen zu. Durch das Fenster auf der Ottakringer Seite sehe ich seine beachtliche Gestalt im Stiegenhaus. Bald ist er auf der Höhe der Argusgraf, die ihn anscheinend ein zweites Mal verpasst. Schlimmstenfalls liegt sie erwürgt auf dem Linoleum. Ich will das nicht nachprüfen, ich denke ohnehin schon im Rückwärtsgang, und das ist bei meiner Biographie in jedem Fall ein Nachteil.
Es kostet Kraft, mir die Zeit vor dem Absturz der *Karajan* lebendig zu machen. Das tut richtig weh in der Kopfhaut. Ich möchte da möglichst viel weglöschen.
Manchmal kommt es mir vor, erst an jenem Tag geboren worden zu sein, als meine Eltern ihre Karriere als Fischfutter begannen.

Ende der Neunziger Jahre sieht man Tanja nur sporadisch am Lerchenfelder Gürtel. Damals ist noch keine Rede vom Medizinstudium. Im Gegenteil, sie spielt das wilde Mädchen. Ich fürchte, auf dem Sektor der Geldbeschaffung hat sie einiges von Charlie gelernt. Sie lebt mit Ignaz zusammen, und wenn ich sie frage, was sie konkret macht, schaut sie mich mitleidig an und steckt mir einen großen Schillingschein zu.

Monatelang hört man wenig von ihr.

Im März 2000, zur Zeit der Demonstrationen gegen die erfolglose Rechtsregierung Schüssel, kehrt sie schließlich zurück, angespannt, gehetzt, und gibt ihre Trennung von Ignaz bekannt. Wenn wir ihn sehen würden, sagt sie, hätten wir uns auch von ihm getrennt. Ignaz habe zwanzig Kilo zugenommen und wolle einen Sexshop eröffnen.

Tanja lässt sich keine Telefongespräche ins Zimmer legen und schläft bis nachmittags. Die Rolle der großen Schwester hat sie aufgegeben. Vor allem geht sie jedem Gespräch über Ignaz aus dem Weg.

Wir kommunizieren kaum mehr.

Manchmal denke ich, meine Schwester wurde in diesem Sommer 2000 gegen eine äußerlich identische Ersatzschwester ausgetauscht. Nachts fährt sie mit einem Micro-Scooter durch die Stadt, solche Dinger sind damals modern. Man hatte die Phase schon lange überwunden geglaubt, doch im Juli tritt Charlie noch einmal in ihr Leben.

Eines Tages taucht er im Lerchenfelder Gürtel 304 auf und holt sie einfach ab.

Mich wundert, wie leicht er sie überredet. Sie packt zusammen und trottet mit gesenktem Kopf wie ein alter Jagdhund hinter ihm her.

Acht Wochen ist sie fort. Danach kehrt sie abgemagert und mit verschlissener Kleidung zurück. Man kriegt nichts aus ihr heraus. Charlie sei im Knast, sagt sie, diesmal für länger. Und sie wiederholt mehrere Male, dass sie einen großen Fehler gemacht hat.

Damals bin ich der Überzeugung, sie bezeichnet mit *großem Fehler* die Wiederaufnahme ihrer Beziehung zu Charlie. Aber es ist mehr als das. Ich werde die Auswirkungen des großen Fehlers erst viel später begreifen.

09

Laut Österreichischem Schulatlas ist Lassenhofen ein Ort in Niederösterreich, höchstens 2.000 Einwohner, im Bezirk Melk.
Jetzt könnte ich schlafen. Aber wie? Aus meiner Wohnung ist Charlie zwar draußen, aber nicht aus meinen Nervenzellen. Die Schatten in seinen Nasenlöchern, die groben Hände, der riesige, stinkende Brocken namens Charlie hat sich festgesetzt, um meine Nachtruhe zu demolieren. Er möchte in meine Träume einbrechen und alles kurz und klein schlagen.
Ich drehe mich eine Viertelstunde lang durch das Bett wie eine heiße Walze.
Männer haben Raubtierseelen. Nie weiß man, welchen Mord sie hinter ihren Stirnen begehen. Auf der Straße habe ich manchmal den Eindruck, jeder einzelne von ihnen ist eine Bedrohung. Doch wenn man sie kennenlernt, sind die meisten erschreckend harmlos.
Ganz innen sind vielleicht alle Männer harmlos.
Für schwerere Fälle von Schlaflosigkeit habe ich eine Methode, die meistens funktioniert. Nach DMWs Abreise musste ich sie zum ersten Mal anwenden. Ich wollte meine Sehnsucht nach ihm im Wachzustand erleben und sie nicht durch unerfreuliches Traummaterial verfremden lassen.
Seit DMW nicht mehr hier ist, habe ich manchmal Mühe, im Gleichgewicht zu bleiben. Nicht im körperlichen Gleichgewicht (das liegt bei mir ohnehin im Argen) sondern im geistigen.
Mit meiner Methode gelingt es mir, eine bestimmte Person aus meiner schwarzen Nachtwelt zu verbannen. Wenn ich mich stark konzentriere, hält sich derjenige aus meinen Träumen raus. Statt ihm bevölkern andere Menschen die Bühne.

Als Unterstützung der Methode werfe ich einen Irrealo ein – Irrealos wirken rasant – und kippe weg.

Der Schlaf soll ein Lämmchen sein, auf einer Sommerwiese? Der Mond dreht sich von der Gürtelseite zur Ottakringer Seite, mein Atmungsorgan bläst Kohlendioxid in die Luft.
Ich weiß nicht, ob das Traum ist oder Wirklichkeit: Zwei Gelsen unterschiedlichen Charakters suchen wie unerfahrene Krankenpfleger nach Arterien. Die feige fliegt in konstantem Abstand ihre Runden. Die mutige Gelse landet auf der Plattform einer Hautunreinheit und steckt probeweise ihren Schnorchel in mein Fleisch. Gnade ihr Gott, lange kann es nicht mehr dauern, bis ich zu Bewusstsein komme und bemerke, dass es sich doch nicht um eine Attacke des Herausgebers des *Bunten Hund*, Nikolas Kalb handelt, der mir in qualvoller Zeitlupe eine Injektion gibt. Mein Arm zuckt. Die mutige Gelse schwebt mit blutverschmiertem Rüssel an den Plafond, während ich Kalb abwehre. Plötzlich bin ich unaufmerksam. Die Spritze reißt mir ein Loch in die Haut. Kalb und ich hängen ein paar Momente lang bewegungslos fest.
Die feige Gelse nützt die neue Situation, um in aller Ruhe den Saugpfeil in die Wunde zu senken. Nur ihre violette Unterlippe bleibt außerhalb der Grabung.
Nikolas Kalb nähert sich mit Zitronenlächeln.
– Es ist ein Traum, nur ein Traum!, zischt er mir zu, und jetzt bemerke ich, dass die Todesspritze direkt aus seinem Unterarm herauswächst.
– Meine Kriegsverletzung, mein Penis!, stöhnt er.
Dann reißt der Film.
Kalb zersetzt sich im Grau.
Ich richte mich auf. Schmutz atmet apathisch auf seinem Sessel. Draußen zischen die ersten Ubahnen über den Stahl. Die geöffnete Zimmertür zeigt auf das Küchenfenster, durch das bald der

Mond klettern wird. Bis dahin hoffe ich auf den kleinen Bruder des Todes, oder wie immer es der Dichter formuliert hat, als er über Verminderung der Hirndurchblutung, Abnahme des Blutdrucks und der Drüsensekretion und den damit verbundenen Rückgang der Atmungsfrequenz philosophierte.
Ausgerechnet Kalb ist anstelle von Charlie in meine schwarze Nachtwelt eingedrungen. Völlig idiotisch. Was weiß der schon von einer jungen Fotografin, die viermal pro Woche die Redaktion aufsucht?
Die Hitze hängt wie Fett in der Luft, ich wende den Polster und packe die Oberarme unter das blutstillende Leintuch. Mein Zwerchfell wölbt sich, zunächst zwanzig, bald nur mehr dreizehn Mal pro Minute. Der Sauerstoff tritt mit dem Blut in Austausch, geht zuerst durch die Lungenbläschenmembrane und wird durch die Kapillaren an die Blutkörperchen abgegeben, die wie in einem enormroten Donaustrom durch meinen Leib fließen. Das Jammern der Gelsen – sie haben ihre Helikopterflüge wieder aufgenommen – ist im Hintergrund zu hören, doch für Widerstand bin ich zu schwach.
Während die feige Gelse neue Erkundungsflüge unternimmt, lässt sich die mutige auf der Haut nieder. Ihre Säge fräst in eine Zone vor, wo sich die Nervenenden wie Wurzeln verzweigen. Meine Schulter brennt. Irgendetwas gibt mir im Halbdämmern die richtige Information. Fast ohne auszuholen, schlägt meine Hand zu.
Volltreffer!
Schmutz ist hochgefahren, seine goldbraunen Augen leuchten. Die mutige Gelse steckt verdreht im Blut. Ich sinke zurück auf den elendswarmen Polster, mit tiefer, noch tieferer Atmung.
An der Wand wartet die feige Gelse, durstig, verdattert, aber ohne Nachricht vom Schicksal ihrer Kollegin.
Die Glaskörper meiner Augen huschen knapp unterhalb ihrer Deckel wie Scheibenwischer hin und her. Ein Muskel zuckt. Im

Traum bin ich inzwischen das scharfe Schwert des österreichischen Fotojournalismus. In dieser Eigenschaft zerteile ich die Luft vor mir, brause auf dem Mobo durch die trübe Stadt. Der Tag hat an den Rändern einen starken Schnupfen. Der Morgenmond ist jederzeit bereit, mir oder Schmutz in den Kopf zu kriechen. Sein bleiernes Licht will mir mit aller Gerissenheit, zu der Trabanten fähig sind, Helligkeit aufschwatzen.
Die feige Gelse steht knapp vor einem Entschluss.
Nein, der Schlaf ist kein Lämmchen. Eher ein Rocker mit verklebten Haaren über den Schultern, der vor seinen Verfolgern durch die Schwärze unserer Gehirnwindungen flüchtet, ein stumpfes Messer namens Alptraum in seiner Hose, das er auf seiner Flucht jemandem in den Bauch stechen will. Vielleicht einem von uns, im einzigen Augenblick, in dem wir unaufmerksam sind.

DIENSTAG 6. Juli 2010

10

Die Sonne schiebt eine Zunge in mein Bett. Im Juli erscheint sie zwischen acht und halb neun Uhr. Sie erhitzt meine Haut. Bevor das Blut den Siedepunkt erreicht, wälze ich mich aus dem Schlaf. Das Parkett schwitzt unter meinen Füßen, eine fleischige Wespe summt vorbei. Schmutz gerät mir zwischen die Beine und kriegt einen Tritt ab, was ihn nicht weiter erstaunt.
Ich habe beträchtliche Probleme mit dem Raumgefühl.
Vor der Absturz der *Karajan* wusste ich immer genau, wo ich mich befand, seitdem ist meine Orientierung durcheinander. Obwohl ich die Topographie der Wohnung kenne, stoße ich dauernd gegen Sessel oder kollidiere mit Türen. Heute schlage ich mir den Ellbogen am Waschbecken an.
Die Therapeuten haben eine schnittige Bezeichnung für diese Unfähigkeit. Das besagt aber gar nichts. Je weniger die Psychologie von einem Phänomen weiß, desto selbstbewusster ist ihr Vokabel.
Mit einer Plastikbürste verteile ich einen Streifen Weledapaste zwischen den Zahnreihen. Auch so eine Sache. Oft rutsche ich

ab und renne mir die Bürste ins Zahnfleisch. Aber vielleicht ist das eher die Ungeduld als eine therapierbare Störung.
Aus Haferflocken, Leinsamen, Lacto-Cool und Zitrone rühre ich eine Mischung zusammen, die von Farbe und Geschmack her Ähnlichkeit mit der Weleda hat. Ich baggere sie zwischen die Zahnreihen, gieße Nescafé auf, entzünde eine Nil Filter, öffne das Fenster.
Morgens ist die Gürtelwelt frisch.
Selbst auf den baufälligsten Gebäuden kleben die Dachziegel wie mit Pattex fest, Zeitungsausträger pfeifen fröhliche Lieder, die U6 ist vollgestopft mit Sonnenbrillenmännern aus der Nachtschicht.

Die Sonnenstrahlen beißen durch den Helm gegen meine 1400 cm^3 Gehirn. Darunter befindet sich meine skalpartig brutale Kopfhaut. Derartige Brutalität ist von außen nicht zu erkennen, und sofort nützt ein frecher Mercedes die Gelegenheit. Von der Seite bolzt er mich und das Mobo an. Er drängt uns beinahe unter die Tramway.
Mir fällt ein ukrainischer Kleinwagen ein, der vor einem halben Jahr am Burgring (ich machte Aufnahmen für den *Bunten Hund*) einer Tramway ins Gehege gekommen war. Nachdem der Fahrer wegtransportiert wurde, lag da nichts als ein zusammengequetschtes Stück Blech. Weil ich keinesfalls in jene Schublade möchte, in der man den Ukrainer gekühlt hatte, rette ich mein Leben durch Gasgeben. Der dazugehörige Fluch sickert in den Helm und erhöht die Temperatur meiner Ohren um weitere $^{5}/_{100}$ °C.
Der Mercedesfahrer hört keinen Mucks, die Tramway lässt ein hysterisches Bimmeln los und verschwindet wie von Seilen nach hinten gezogen im Orkus meines öligen Rückspiegels.

Im Umkleidebereich des vornehmen Krapfenwaldlbads mustert mich die Wiener Ausgabe eines 15-jährigen Bikini-Topmodels respektlos, während ich mich in das 100-€-Beretta-Teil zwänge. „Soll das Pamela Anderson auf jung und mit Glatze werden?“ Sie verzieht die Mundwinkel. „Ich find Oberweiten eh urtoll. Schau dir mein Surfbrett an zum Vergleich.“
Mir bleibt nichts anderes übrig, und ich schaue mir ihr Surfbrett an. Wir müssen beide lachen.
„Kannst du mich“, der raunzende Tonfall des Topmodels klingt nach Erbin einer defizitären Käsekrainerfabrik, „hinten einschmieren?“
Obwohl ich die krebshemmende Wirkung von Soft-Oil bezweifle, spiele ich mit. Ihr Rücken ist gespannt wie ein Leintuch.
Es ist erstaunlich, dass ein Schulmädchen über Oberweiten und Surfbretter philosophiert. Vielleicht wächst da endlich eine Generation mit realistischer Einstellung zur Dick-Dünn-Problematik heran? Vielleicht kapieren die jungen Mädchen endlich, wie gleichgültig den Männern die weiblichen Gewichtsklassen sind?
„Soll ich dich auch?“
„Nein, danke. Hab ich einen Wunsch frei?“
„Keinen schweinischen.“
Ich drücke fünf Mal ab, das raunzende Model samt hundert Kopien, bis tief in die Spiegel hinein. Der Auslöser der Nikon ist jetzt verschmiert.
„Fotografin?“
„Für den *Bunten Hund*, ja.“
„Geil.“ Ihre Augen glänzen. „Wann bin ich drin?“
„Bald“, lüge ich, „wir machen ein Speschl für die Badesaison.“

Ich schwimme 10 x 25 Meter. Das entspricht der Entfernung vom Lerchenfelder Gürtel 304 zum Brunnenmarkt. Im Dampf des Beckens verlieren sich der Kahlenbergsender und der gelbe Mobilfriedensturm, der laut meinem Boulevard-Fachwissen für die

nächsten *Olympischen Spiele für Stadtplanung und Straßenbau* (Milano 2011) in der Kategorie *Moderne Bauwerke* nominiert wurde.
Leute mit mangelnder Intelligenz bezeichnen das Schwimmen als langweilig. Die Japaner machen aber sogar Wassermedidation. Weil sie sich auskennen. Das Chlorwasser bringt einen auf die besten Ideen.
Bei jedem zweiten Schwimmtempo taucht mein Schädel ein.
Zwar schmettert Völkerball meine Vorschläge gerne mit dem Argument ab, der *Bunte Hund* sei ein Schundblatt für 500.000 Gehirnamputierte. Aber ich überlege mir das Badespecial trotzdem. *Die billigsten Bäder, das kühlste Bier, Statistik der Beckentemperaturen.*
Die Verletzungen aus dem Gelsenkampf jucken. Der Dippel am rechten Oberarm wächst. Ich rechne aus, dass der Dippel, wenn sein Wachstum geradlinig weitergeht, nach ungefähr 3 Millionen Längen die Größe eines Flusspferdes erreicht haben wird.
Nur Mathematikgenies bewahren den Überblick über die Anzahl geschwommener Längen. Am Ende der achten oder zehnten Länge habe ich mich mit dem Flusspferd befreundet, das einst mein Dippel gewesen ist.

Die Frau vom Kiosk holt den *Bunten Hund* mit spitzen Fingern unter einem Stapel von Qualitätszeitungen hervor.
„30 Cent." Die Gewinnspanne deprimiert sie sichtlich. „Sonst noch ein Wunsch?"
Ich rolle das Blatt ein. Kultprodukt hin oder her, an Orten wie dem Krapfenwaldlbad steht man als Mitarbeiter nicht hundertprozentig dazu. Die Gebildeten mustern einen *Bunten-Hund*-Besitzer schmalmundig, als hätten sie fünf Mal hintereinander maturiert.
Erst auf meinem Handtuch, mit Panoramablick über den flimmernden Teig der Stadt, fühle ich mich halbwegs unbedrängt.

Der Aufmacher ist eine Affäre über ein Wiederaufflammen von BURN in Österreich, Titel *Neuer Angriff der Neutrophile*, unglaubwürdiger Schrott.

Ich blättere zur Politik.

In sechs Tagen wird ein neues Parlament gewählt. Kanzler Bendrosch verteidigt die Union, und das missfällt der Redaktion. Trotz der Distanz zu Ulf Schneyder ist das Blatt nicht erst seit der 03er-Krise unionskritisch. Obwohl der dramatische Wertverfall des € gestoppt werden konnte, das Genörgel an der Union gefällt den Lesern.

Weil sich die Verbrecher gestern zu keinem Mord aufraffen konnten, sind im Chronikteil die *Other News* nach oben gerutscht. In Favoriten legt ein Hundefeind Gift aus. *Die Pensionistinnen Martha S. und Rosa T. wagen sich mit ihren vierbeinigen Lieblingen nicht mehr auf die Straße.* Das offizielle Polizeibild der vergifteten Würstchen macht richtig Appetit. Fehlt nur das Semmerl und der süße Senf von Mautner-Markhof.

Gerade blättere ich zum Horoskop, da spricht mich mein Model an.

„Wo hast du den Beretta her?" Die Haare kleben feucht an ihren Schultern.

„Zara."

„Geh ich nicht hin. Die Verkäuferinnen lassen dich solange spüren, dass etwas nicht in Ordnung ist, bis du was kaufst."

„Bei meinem Anblick verlieren Verkäuferinnen oft die Fassung. Aber ich kriege die Nikon schnell in die Hand."

„Und dann?"

„Wenn sie in die Kabine kriechen, drücke ich auf den Auslöser."

„Gute Idee." Sie greift nach dem *Bunten Hund*. „Darf ich schauen? Ich bin Jungfrau."

„Sieht man."

„Heute ist Ihr Glückstag. Großer Aufschwung auf dem Gebiet der Liebe! Vielleicht zeigt jemand, den Sie schon lange heimlich

lieben, schlagartig unverhohlenes Interesse an Ihnen? Oder es kommt zu einem Wiedersehen mit Folgen? Außerdem haben Sie Aussichten auf eine Karriere als Model in der buntesten Zeitung Österreichs … Das letzte hab ich erfunden."
„Erhoff dir nicht zuviel. Ich mache einen Rundgang. Du kannst ruhig weiterlesen."

Mit der Nikon schlendere ich zwischen den Handtüchern umher. Eben noch haben mir zwanzig Männer auf den Beretta gestarrt, jetzt spannen sie die Muskeln an und stieren auf die Innenflächen ihrer Sonnenbrillen.

11

Fünf Tage bis zur Wahl. Der Gürtel vor dem Chelsea ist mit Plakaten vollgepflastert. Wenn die Haut von Kanzler Bendrosch in Wirklichkeit so gelb ist, sollte er sich schleunigst in die Leberambulanz begeben. Auch Ulf Schneyders braun gebranntes Zementlächeln ist ein Märchen, aber bei einem echten Populisten wirkt das irgendwie originell. *Das alles ist Heimat für uns.* Seit meiner Kindheit plakatieren die rechten Parteien solche Slogans. Die *Freie Front* behauptet zwar, das rechtsextreme Erbe nach der Entpolitisierung abgeschüttelt zu haben. Doch sie ist keinen Deut liberaler als die *Kronen Zeitung* mit ihren bösen Männern, die auf die hundert zugehen.
Auf der Höhe des Brunnenmarkts haben sich in meinem Inneren Antikörper gegen demokratische Abstimmungen gebildet. Brav wie das von ihnen angebotene Lammfleisch stehen die Händler, die von Ulf Schneyders Wählern am liebsten nach Asien zurückgeschickt würden, hinter ihren Gemüsebergen. Nicht einmal mein Porreverkäufer mit der klassischen Männer-DNA hebt den Kopf.
Das enttäuscht mich jetzt doch.
Er träumt wahrscheinlich von Waldbränden in Anatolien.
Im Wettpoint setze ich zehn € auf einen Sieg von Rubens Barrichello beim Grand Prix auf dem Hungaroring nächsten Sonntag. Ich wette meistens auf den ältesten Fahrer. Quote 1:11, würde einen 110 €-Gewinn ergeben.
Das alles ist Heimat für uns geht mir nicht aus dem Sinn. Eine merkwürdige Vorstellung, dass sich so viele Leute freiwillig für dieses dumme Weltbild begeistern. Fragt sich auch, was die FF unter diesem *alles* versteht. Für mich zum Beispiel ist keineswegs alles, sondern ziemlich wenig Heimat. Allerhöchstens die

stabile Landschaft des Kühlschranks mit Langzeitprodukten wie Tabasco, Fast-Cubes und Ketchup. Jedes meiner Nahrungsmittel, minus dem Porree, wartet geduldig auf seinen Einsatz.

In der Auslage des *Ledernen Gürtel* wird Luft in Kondome gepumpt, bis sie erigieren. Dann bricht der Föhn ab. Die Kondome erschlaffen und baumeln durcheinander. Gleich beim Eingang schmeißt einen der muffige Gestank um.
Weil er so unerwartet ist. Ich finde, er passt zu Plastikdildos, Peitschen und aufblasbaren Puppen mit den Neunziger-Jahre-Namen Sara oder Klara.
In seinem Satinhemd und den Tigertatzen an den Füßen ist Ignaz das Zitat einer mittelalterlichen Hofdame. Er schläft mit aufrechtem Oberkörper, seine Fettwülste ruhen auf der Theke – wahrscheinlich hat er Wurst gegessen.
Wurst wirkt bei ihm wie Valium. Kaum gerät Wurst in sein Blickfeld, lockern sich seine Backenknochen, die Lider fallen ihm zu, ein Schnarchen setzt ein.
„Hallo Ignaz", wecke ich ihn auf.
„Bittesehr, kann ich helfen? Ah, du bist es. Hättest du gleich sagen können!" Mir ist unklar, zu welchem Zeitpunkt ich das *gleich* hätte sagen können. „Was ist denn los mit dir? Ah! Tolle Frisur!"
„Du hast geschnarcht."
„Ich weiß. Schuld ist das Segel." Er zitiert eine legendäre Diagnose seines praktischen Arztes. *„Mein im Schlaf meist entspanntes Gaumensegel flattert bei Mundatmung."*
„Stell auf Nasenatmung um."
„Das wird durch die krankhafte Verengung meiner Nasengänge verhindert." Er streicht mit einem Finger über meinen Scheitel, oder jedenfalls über die Stelle, die irgendwann in der Zukunft wieder ein Scheitel werden könnte. „Du siehst gehetzt aus."
„Ein Kerl pickt mir Botschaften an die Tür …"

„Kein Wunder bei deiner Figur!"

Wegen unserer nachbarschaftlichen und allerplatonischsten Beziehung: Ignaz ist der einzige, der mir solche Komplimente machen darf.

„... da stehen seltsame Dinge drauf."

„Ein Lyriker?"

„Sowas ähnliches. Er schreibt, dass er nichts vergessen hat, auch wenn ich ihn vergessen habe."

Ich schiebe ihm den Zettel hin.

„Ein enttäuschter Freund." Ignaz ist ungerührt. „Keine Telefonnummer? Keine Adresse?"

„Nein."

Ich schaffe es nicht, Charlies Besuch zu erwähnen. Ignaz ist imstande, aus Hypochondrie seinen Laden zu schließen und sich in seiner Wohnung im 1. Stock zu verbarrikadieren. Erstens möchte ich nicht an Umsatzrückgängen der Pornoindustrie schuld sein, zweitens schaden ihm die Schließtage. Ein potentieller Kunde, der den *Ledernen Gürtel* versperrt vorfindet, wird das nächste Mal ein Sexcenter frequentieren, wo ihn Mädchen mit strahlenden Gebissen bedienen.

„Der taucht sicher in den nächsten Tagen auf. Brauchst du einen Totschläger? Das letzte Mal, als ich deine Schwester sah, hat sie einen gekauft."

Mich wundert, dass Tanja einen Totschläger kauft, aber vielleicht hat sie ja endlich vor, mit Adalbert Schluss zu machen.

Als Ignaz in den Neunziger Jahren mit ihr zusammen gewesen ist, hat man wenig von den beiden gesehen. Es war die Experimentalzeit der Trips, einer Vorstufe von Realos und Irrealos. Die beiden lebten in seinem damaligen *Chemielabor*. Heute redet er nicht mehr gerne darüber, *das Interesse an Chemie und überhaupt an illegalen Dingen*, wie er sich einmal ausdrückte, sei *erloschen*. Wenn man sich das Labor wegdenkt, hätte er einen ausgezeichneten Schwiegersohn abgegeben. Doch Ignaz war

scheu. Nur während der Weltreisen unserer Eltern, deren Verlauf sie im März 02 an Bord der *Karajan* und in den Pazifik beförderte, besuchte er Tanja am Lerchenfelder Gürtel. Ignaz und ich, wir haben uns von Beginn an gut verstanden.
„Nein danke. Es wird schon ohne Totschläger gehen." Offensichtlich ist Charlie nicht bei ihm gewesen – ich riskiere eine einfältige Frage, um sicher zu gehen. „Und bei dir, was gibts Neues?"
„Meine Mutter sagte immer *Die Männer wollen nur das eine.* Wenn das bloß stimmen würde! So weit ich es überschaue, wollen alle was Unterschiedliches."
„Ich sehe wenige Kunden, eigentlich keinen einzigen."
„Heute waren nur Schnüffler hier. Außerdem zählt nicht die Anzahl, sondern die Intensität. Die Leute sind zwar noch pervers, aber nicht mehr schmuddelig genug. Könntest du mich bitte mit einer Rakete in mein 20. Jahrhundert zurückschicken?" Ignaz erwartet keine Antwort. „Einer der Schnüffler ist zwanzig Minuten vor den Gummivaginen gehockt." *Vaginen* betont er auf der gleichen Silbe wie *Maschinen.* „Ich dachte schon, der kriegt Junge. Warum er sich ausgerechnet vor diesen Gummi …"
„Wegen der hübschen Aussicht. Oder ihm war draußen zu heiß."
„Es ist tropisch. Ich bin am Ende. Seit das Waschbecken runtergebrochen ist, kühle ich mir die Füße in der Klomuschel. Das Leben ist ein Jammer."
„Du beschwerst dich über alles!"
„Als Österreicher habe ich das Recht, mich zu beschweren. Wir haben uns immer beschwert, und wenn das kein Grund ist, zu jammern …"

12

Sieht man von den Veloceboten ab, die wie Blumensträuße vorbei schwirren, herrscht Stille im dritten Stock des *Bunten Hund.*
„Kalb ist bei Völkerball, Frankenstein auch“, flüstert Jessica, „mein Gott, was hast du für Haare!“
„Gar keine mehr“, antworte ich und lasse mich auf die hellblaue Sitzgarnitur fallen.
Klar muss Jessica über mich entsetzt sein, schließlich macht sie selbst so ziemlich alles falsch, was man als Frau falsch machen kann. Sie motzt sich auf, Männer verachten jedoch aufgemotzte Frauen. Dabei wäre sie hübsch. Es ist schade, dass Jessica einen schlechten Geschmack hat, denn sie hätte einiges drauf.
DMW hat mir auf diesem Gebiet einige männliche Geheimnisse erklärt. Vor allem die Hauptregel, dass man als Frau nicht hübscher tun soll als man ist. Die Männer sehen uns an ganz anderen Stellen an, als wir glauben.
Wenn du nicht gerade einen eitrigen, blutigen Buckel hast, laufen sie dir sowieso nach. Sie können biologisch gar nicht anders.
Jessica beugt sich über die Tastatur.
„Du hattest so attraktive Zöpfe! Man hätte auch Fun-Plaits daraus machen können!“
Um die Haardebatte zu bremsen, nehme ich die Headlines der heutigen Ausgabe vom Stapel, obwohl ich sie schon im Krapfenwaldlbad gelesen habe.
Umfrage: Schneyder nahe an der 50-Prozent-Marke. Konzentrationsblock: Wir sind das Sammelbecken der Vernünftigen. US-Präsident warnt vor Rechtsruck in Österreich. Für Nikolas Kalb ist Politik eine Spielart des Hausverstands. Allerdings rechne ich ihm hoch an, dass er sich nicht auf die allgemeine Schneyder-Hysterie einlässt.

Jessicas Finger trommeln nervös über die Cursor-Tasten der Infobase. In Kalbnähe ist nicht an vernünftige Arbeit zu denken. Sobald er und sein Schatten Frankenstein, dessen echten Namen mein Gehirn sich weigert zu merken, ihren Arbeitsbereich verlassen, pflanzt sich ein Warnsignal von Abteilung zu Abteilung fort. Hektisch werden Joghurtbecher und Bierdosen in die Schubladen geräumt.
Seit dem Untergang des real existierenden Kommunismus vor zwanzig Jahren ist die Unordnung das größte Feindbild Kalbs.
Ein Velocebote steht vor Jessica und rümpft enttäuscht die Nase: „Ist das hier der *Bunte Hund*?"
Jessica wirft mir einen ironischen Blick zu.
„Nein, der *Daily Planet*. Was kann ich für dich tun?"
„Ich wusste nicht …"
„Gib schon her."
Ich mag das Resolute an ihr. Sie unterschreibt einen Reciever und scheucht den Boten in den Lift zurück.
„Die meisten Menschen denken, in der Redaktion einer Tageszeitung geht es zu wie bei Clark Kent und Lois Lane. Tut es aber nicht. Dafür fehlt der Superheld."
„Ich wüsste schon einen", sage ich.
„Hör auf mit Schneyder. Ich kann den Namen nicht mehr hören."
„Sogar die bunteste Zeitung Österreichs schreibt, er macht 50 Prozent."
„Ein Superheld muss mehr können als 50 Prozent machen. Er muss Brücken vor dem Einsturz retten, Kugeln in der Luft abfangen, Satelliten aufhalten und so weiter …"
„Polizei aufrüsten, Kirgisenkontrollen einführen, Sandler in Zwangsheime stecken. Gehört alles zu seinen Wahlversprechen."
„Eben! Wir brauchen einen fähigeren Superhelden."
„Völkerball könnte kandidieren", schlage ich vor, „unter dem Namen Völkerman."

„Nur der nicht! Stell dir vor, der reißt sich im Nebenzimmer das Hemd von der Brust, und darunter kommt ein V-Shirt – *Völkerman* – zum Vorschein!"
Plötzlich zischt ein Luftzug durch den Raum.
Wie ein versunkener Gott schwebt Nikolas Kalb (oder das, was von ihm nach 50 Jahren Topjournalismus in einem dunkelblauen Hemd steckt) vorbei. Hinter ihm schleift Frankenstein mit finsterer Miene seinen Fuß nach.
Ein neuer Bote wird aus dem Lift ausgespuckt, dessen Schiebetür sich genau in dem Augenblick öffnet, als Frankensteins verkrüppelte Hand den Druckknopf berührt.
Einen Moment lang herrscht Schweigen. Danach rücken Kalb und sein Gehilfe in die Kabine.
„Sie entschwanden", resümiert Jessica, merklich unter Kalbschock.
Ich rolle ihr den Film vom Krapfenwaldlbad auf den Tisch, sie deutet auf Völkerballs Büro.

Aus einer der Schultern von Völkerball wächst die Spitze des Stephansdoms. Er steht mit dem Rücken zu mir am Fenster, gedrungen, bullig, wie ein frisch eingestellter Glöckner.
Es riecht nach Tropfsteinhöhle, die Lüftungsrate der Journalistenachseln ist ja statistisch gesehen eine niedrige. Im Hintergrund läuft das Gedudel eines Regionalsenders. Völkerball dreht sich um.
„Zum Teufel!" Seine Hamsterbacken wackeln, ein Alarmsignal. „Was ist mit deinen Haaren passiert?"
„Rasenmäher. Hat er dich gefeuert?"
Nikolas Kalb feuert seine Mitarbeiter aus Launen heraus. Manchen bezahlt er die Bezüge für die nächsten Jahre direkt aus und will *ihre Fresse* dafür *nicht mehr sehen.*
„Schlimmer", sagt Völkerball. „Was ich tun soll, geht gegen mein Gewissen."

„Seit wann hast du eines?“
„Gewissen ist das falsche Wort … eine verzwickte Sache … bei der ich die Verantwortung übernehmen soll. Nein danke!“
Das Telefon läutet. Er wechselt auf Staatsmann und lässt die Hamsterbacken das übrige tun. Sie zermahlen das Gespräch, sein Gegenüber kommt kaum zu Wort.
„Wenn Sie mich fragen, schafft Schneyder die Absolute … Nein, da missverstehen Sie Österreich. Nach dem Ende der herkömmlichen Rechtsparteien war die Bahn frei für die *Freie Front.*“
Am anderen Ende der Leitung ist vermutlich einer dieser deutschen Kollegen, die sich für ihre Wahlberichterstattung Österreich erklären lassen. Während ich eine Nil anheize, wundert mich, wie leicht Völkerball die Zeitgeschichte von den Lippen geht.
„Die FF quetschte sich rechts von der rechten Mitte hinein, naja, schon die mittlere Mitte war zur Jahrtausendwende gehörig rechts … Solange den FF-lern der *Kronen-Zeitung*-Slang von den Lippen tropft, können wir durchatmen: Sie bekennen sich zur Isolation. Immer das gleiche Vokabular. *Gesindel, vernadern, anständig.*“
Wie moralisch der größte Zyniker auf einmal daherredet! Er hat Recht: Bei den FF-Vokabeln dreht es einem den Magen um. Mir ist schwindlig. Zu allem Überfluss spielt der Regionalsender den DJ Ötzi-Hit. Da bleibt mir nichts anderes übrig. Ich konzentriere mich auf den Text und züchte mir eine Gänsehaut an.

Nasse Orangen am Nil
Ich bin dein Kroko-Krokodil
Der Nil fließt zum Riesenrad
Was wieder bewiesen hat
dass ich heut alles von dir will

Nasse Orangen am Nil
Ich bin dein Kroko-Krokodil
Der Nil fließt nach Wien
er ist die beste Medizin
so wie ich das beste für dich bin

Nasse Orangen am Nil
schlammig und grün ist unser Spiel
wir fließen den Nil entlang
nie wird unser Spiel zu lang
Ich bin dein Kroko-Krokodil

DJ Ötzis gnadenlose Mischung aus Alpengrölen, Schlager und Rap: Man möchte die Ohren in einen Betonmischer stecken. Ich reiße mich los, Völkerballs Rede ist auch nicht gerade hohe Unterhaltung.

„Denken Sie an die Neunziger und die frühen Nuller Jahre, an diesen Jörg Haider, Gott hab ihn selig, damals war Politik so naiv. Über die Rechtskoalition Schüssel samt ihrem peinlichen Ende brauche ich Ihnen nichts zu erzählen. Die Staatsbürger haben nichts dazugelernt. Wie hat es der *Bunte Hund* formuliert? *Im Gruselkabinett Österreich herrscht Politik* … Können Sie wörtlich!“

Nach einer Pause fällt ihm noch was ein:

„Faschistisch oder katholisch – etwas anderes wählen diese Provinzler niemals! Eben, gut, hervorragend.“

Völkerball lässt den Hörer los.

„Die Piefkes wollen es genau wissen.“

„Ich interessiere mich nicht für Ulf Schneyder.“

„Wirst du noch, wirst du noch … Rauchen macht übrigens Krebs … Würde man die FF als das rezipieren, was sie ist, an der Basis eine Spielwiese für Schwarzkappler und Querulanten, an der Spitze eine Tombola für Versicherungsbetrüger und Eso-

Yuppies, dann hätte sie rasch den Nazizauber eingebüßt, der sie so weltberühmt macht."
Ich bin vollständig seiner Meinung, und das ist mir dann doch unheimlich.
„Ich hab einen Film voller Badenixen und Nixinnen", lenke ich ab, „im Krapfenwaldlbad."
Er scheint mich nicht zu hören. Seine hamsterartigen Züge treten hervor:
„Analog, wie üblich? Ich sollte dich und deinen Dickschädel rausschmeißen. Besonders jetzt, wo ich dich nicht mehr an den Zöpfen ziehen kann. Ausnahmslos alle sind auf digital umgestiegen, in den Nuller, nicht in den Zehner Jahren …"
Er weiß, dass er mich nicht vergraulen darf. Weil ich ihm gute Fotos bringe. Zum Teil stammen sie direkt aus meinen Sammlungen *Geistergrenzen* und *Geisterrouten*, aber diese Tatsache ist ihm nicht bekannt.
„Ich denke, das Thema haben wir durch?" Ich blase Rauch in seine Richtung. „Du kriegst die Fotos, ich behalte die Negative. Ganz wie vor hundert Jahren."
„In manchen Fällen ist es vielleicht von Vorteil." Völkerball grinst, was mir überhaupt nicht gefällt, denn normalerweise ächzt er bei dieser Art von Gespräch. „In einer Stunde ist die Strohbusch-Session. Strohbusch ist einer der wenigen, für die Politik mit Vernunft zu tun hat. Deshalb kann er Schneyder auch nicht schaden."
„Und was wollte Kalb? Dich durch Frankenstein ersetzen?"
„Sehr witzig." Völkerball blinzelt durch die halbgeschlossenen Lider, wie meistens, wenn er imposant sein möchte. „Nein, Frankenstein ist schon in Ordnung. Die Intentionen von Nikolas Kalb erfährst du früh genug."
„Klingt echt katastrophal."
„Er ist unser Kroko-Krokodil", summt Völkerball die unselige Melodie, „diesmal nur abwarten."

„Sehr witzig“, sage jetzt ich. „Abwarten kann ich auch im Park.“ Der Nil fließt zum Riesenrad. Auf den Lippen den Comeback-Hit von DJ Ötzi, schlüpfe ich aus der Tropfsteinhöhle: unfrisch bin ich, wie ein Pfefferminzbonbon in der Handtasche einer Alzheimerpatientin.

13

Vielleicht bin ich eine der ersten, die bemerken, dass ein anderes, heißeres Klima hereingebrochen ist. Allmählich wird es alles auffressen. Eine enorm tiefblaue Himmelskuppel liegt über den Dächern. Auf den Windschutzscheiben parkender Autos hat sich eine rötliche Sandschicht aus dem Nildelta niedergelassen. Im Hintergrund sammeln sich die Kräfte für ein großes, allumfassendes Brennen.

Der Asphalt am Ring wird glühen und die Pflanzen im Stadtpark verpuffen.

Der Wiener Asphalt wurde übrigens preisgekrönt. Bei den Olympischen Spielen für Stadtplanung und Straßenbau (Kopenhagen 2007) kam er mit hochwertigen deutschen und schottischen Straßenbelägen in die Endrunde. Die wenigsten Menschen wissen, dass jede Stadtverwaltung ihr eigenes Rezept besitzt. In den Asphaltkochern dreht sich in streng geheimgehaltenem Mischungsverhältnis ein bei 70 °C geschmolzenes Konglomerat aus Bitumen, Sand, Splitt und Schotter.

Mein Fachwissen vom *Bunten Hund.*

Auch dem Mobo setzt die Witterung zu. Die Benzinanzeige steht auf Maximum, obwohl länger nicht getankt wurde. Ich stelle mir vor, wie wir Hitzemauern durchstoßen. Der Rest der Welt wird von unserer Druckwelle beiseite geschleudert. Aber trotzdem misslingt mir das Sommergefühl. Es ist, als hätte man plötzlich fünf Kilo zugenommen, ohne was gegessen zu haben. Unter meiner Haut macht sich ein leichtes Ziehen bemerkbar. Es ist ähnlich wie gestern abend, als das Festnetz zum zweiten Mal läutete. Nachwirkungen der Zusammenkunft mit Charlie? Lange werde ich die Adresse meiner Schwester nicht verheimlichen können. Charlie ist nicht klug, aber hartnäckig. Ich überlege mir seinen nächsten Schritt, doch ich schätze, dazu fehlt mir die verbrecherische Phantasie. Im Telefonbuch steht Tanja jedenfalls nicht. Höchstens unter A wie Adalbert.

Die Strategen des liberalen Kandidaten Strohbusch haben für das Shooting den Stadtpark gewählt, um den Wählern in den Bundesländern Naturverbundenheit zu signalisieren.
Unter eine Eiche neben dem Weiher rauche ich eine Nil, die in der Hitze trocken schmeckt. Als DMW noch hier war, hat er manchmal von der Zigarettenmarke geschwärmt, die er als 15-jähriger rauchte. In den Sechziger Jahren kaufte man diese alten Nil stückweise in der Trafik, auch in den Lokalen konnte man Zigaretten als Einzelstücke bestellen.
Vier Enten schwimmen hintereinander her. Sie sehen aus wie der Trommel einer Waschmaschine entkommen. Ich zoome hin und schieße einige Fotos. Dann blättere ich in meiner Ausgabe des *Bunten Hund* bis zum Skorpion: *Es hat den Anschein, als wollten Sie sich mit Gewalt kaputt machen – oder warum arbeiten Sie wie ein Tier und trinken über den Durst? Lösen Sie sich aus Ihrem ewigen Selbstmitleid, spielen Sie nicht mit den Gefühlen anderer. Eines Tages könnten die anderen Ihr rücksichtsloses Verhalten gegen Sie verwenden. Vorsicht vor Sonnenbränden! Mond wandert durch ein Hitzezeichen!*
Wäre ich Nikolas Kalb (und wäre Kalb Skorpion), ich würde einen Detektiv engagieren, um der Studentin jedes einzelne Plagiat nachzuweisen. Da draußen laufen ohnehin so viele beschäftigungslose Absolventen herum.
Totoxidiert im AKH? Der heutige Aufmacher. *Doch wieder BURN-Fall in Österreich? Man glaubte BURN zumindest hierzulande besiegt. Doch das Verwirrspiel rund um einen 43-jährigen Ostösterreicher geht weiter. Dieser war Montag vormittag ins AKH Wien eingeliefert worden. Zehn Stunden später war er tot: ein neuer Fall von BURN? „Als ich ins Zimmer kam, war er*

violett", berichtet eine Krankenschwester, die anonym bleiben will. „Es sah aus wie die Schreckensbilder im Fernsehen."
Ein Pfiff ertönt und die Enten flattern. Eine will tauchen, doch ihr Schwanz bleibt über der Wasseroberfläche hängen.
„Probleme mit der Schwerkraft!" Der Corn streckt mir die Hand hin und zieht mich schwungvoll hoch. „Wie es aussieht, ein altes Entenschicksal!"
Er fotografiert für den *Falter*, das ist Bildende Kunst im Vergleich zum *Bunten Hund.*
„Wie gehts der Kunst?" Ich frage ihn das immer.
„Was ist mit deinen Zöpfen?"
„Zopfkrebs im Endstadium. Bist du auch beim Strohbusch?"
„Streng dich ruhig an. Die Parteien des Konzentrationsblocks schmiegen sich wie Hasen aneinander, sagt Schneyder", meint der Corn, „laut Umfragen steht es wieder einmal schlimm um die Liberale Partei."
„Ich glaub nicht an Meinungsforschung."

Auf der Terrasse des Parkcafés gibt ein fetter TV-Mann dem Kandidaten Anweisungen. Strohbusch soll nachdenklich dreinschauen und im nächsten Moment strahlen wie ein Kirschbaum. Auf seinen Wangen klebt ein Batzen Schminke.
Ich drängle mich in die erste Reihe und drücke 36 Mal ab. Einmal kratzt er sich an der Stirn, und ich entwerfe eine boulevardtaugliche Bildunterschrift: *Ratloser Blick in die Zukunft – Strohbusch.*

Eigentlich will ich zu den Enten zurück, um etwas auszuspannen, da trällert die Eurovisionshymne.
„Wir bräuchten eine Illustration für den erweiterten Selbstmord in der Zagorskigasse", bestellt Völkerball, „16. Bezirk, oder besser, im finstersten Ottakring."
„Zagorskigasse Nummer wieviel?"

„Da ist genügend los."
„Geht in Ordnung."
Ich schwinge mich aufs Mobo und winke dem Corn zum Abschied.

14

Das alles ist Heimat für uns, schreien die 16-Bogen-Plakate der FF von allen Seiten auf mich herunter. Im Vordergrund prangt das Gesicht von Ulf Schneyder. Die Serie hat drei Motive: Ein Gipfelkreuz mit einem Pärchen in Schianzügen und mit softoilglänzenden Wangen. Zwei Großeltern mit Zwillingsenkeln auf einer Blumenwiese. Und ein geterstes Paar vor dem Wiener Riesenrad, dahinter ein Fluss, wohl als Anspielung auf den aktuellen Sommerhit. Die Fußzeile ist immer die selbe: *Wir sind gerne Patrioten. Damit Heimat keine Schande ist. Ulf Schneyders FF.*
Das Plakat zieht den Patriotismus ins Groteske, es ist reiner Dada, aber das merken die wenigsten. Die anderen Parteien nehmen das todernst und patriotieren ebenfalls. Und sogar die Boulevardzeitungen beteiligen sich am Heimatgeschwätz.
Mit mir hat das wenig zu tun.
Das einzige patriotische Gefühl bringe ich gegenüber der Bundespräsidentin Russwurm auf. Ihre TV-Karriere macht das Amt lächerlich, sie ist genau jene Puppe, nach dem dieser Job verlangt, sie illustriert den Niedergang der westlichen Demokratien, darauf bin ich stolz.
Im Wahlkampf mahnt sie zur Besonnenheit. Und seit ich Fotografin bin, herrscht Wahlkampf.
Selbst wenn gerade keiner wäre, würde der *Bunte Hund* so tun, als wäre einer. In der Redaktion heißt dieses Phänomen *Blattlinie.*
„Einfahrt verboten. Straßensperre."
Der Bulle in der Zagorskigasse, vielleicht drei Jahre älter als ich, vergleicht meine Vorderpartie mit jener auf dem Foto des Presseausweises. Am liebsten würde er mir ein Antragsformular unter die Nase halten.

„Das graue Haus hier?"
„Wir sind nicht verpflichtet", plappert er den Merksatz aus seinem Fortbildungskurs runter, „Auskünfte zu geben."
„Sag, in welchem Stockwerk ist das passiert?"
Beim unerwarteten Du-Wort nimmt seine Miene den Ausdruck eines Kämpfers an, der selbst unter Folter kein Wort verrät. Über seine Stirn rinnt ein Schweißtropfen.
„Bist du einer der Männer vom Skacel?", frage ich.
Diesen Trick hat mir Völkerball beigebracht, ich weiß aber keineswegs, wieso er funktioniert. Der Junge rührt keinen Muskel, nur der Schweißtropfen fällt auf den Asphalt, wo ich vergebens nach Spuren von ihm Ausschau halte.
Er ist verdampft.
„Wir arbeiten mit dem Skacel zusammen", schiebe ich nach.
Der junge Bulle deutet zögernd nach oben.
„Zweiter Stock."
„Was war da los?"
„Wir sind nicht verpflichtet …"
„Ich bin halt neugierig." Ich zoome das Fenster näher. „Willst mirs nicht sagen?"
„Eifersucht." Er grinst. „Die Frau und das 5-jährige Kind tot, aus dem Fenster. Der Mann ist über die Häuser."
„Sind die Särge schon fort? Gibt es Angehörige im Haus?"
„Sag, wer ist da die Polizei, du oder ich?"
„Passt du kurz auf mein Mobo auf?"
„Auf was?"
Ich mache mich von meinem neuen Freund los und spaziere durch die Haustür. Da sich keiner der umherstehenden Beamten für mich interessiert, ist zu befürchten, dass es nichts zu holen gibt.

Mein Auftritt dauert nur wenige Minuten. Die Kollegin vom Schreibfach hat ganze Arbeit geleistet, sie ist dem Einsatzleiter

deutlich in Erinnerung, was meine Chancen auf ein Tatortfoto minimiert.
Ich fotografiere die Wohnungstür, ohne Namensschild, nur mit einem *Bitte keine Werbung*-Pickerl. Die Ärmsten hatten wohl geglaubt, die größten Gefahren kämen von außen.
Natürlich will der Junge meine Telefonnummer, weil er so brav auf das Mobo aufgepasst hat. Ich kritzle sie mit vertauschten Endziffern hin. Vielleicht steckt ja ein schlauer Kommissar in ihm.

Die Hymne des Phony spielt zwei Mal nacheinander. Der Gedanke an ein weiteres Unglück hat etwas Beklemmendes. All die Passanten, die durstig über die Gehsteige schlurfen, beginnen womöglich innerhalb der eigenen Wände auszurasten.
Am Ende der Gablenzgasse fahre ich rechts an den Rand und höre die Phonybox ab.
Sie. Haben. Drei. Nachrichten. Auf Ihrer Box, sagt die virtuelle Stimme mit dem ihr eigenen rätselhaften Nachdruck. Zwei Nachrichten sind Werbung, die dritte ist von Tanja.
Rufst du mich zurü-ück?
Tanja weiß genau, wieviel Meter hoch die Palme ist, auf die mich ihre Gutelaunestimme bringt. Trotzdem bin ich froh, dass sie sich meldet. Ich habe mehrere Fragen, auch wenn ich mich selbst vorläufig bedeckt halten werde. Bewohner von Einfamilienhäusern brauchen aufgrund ihrer psychischen Konstitution, vor allem aber während der Schwangerschaft, maximale Schonung.
Und der Unsicherheitsfaktor Charlie ist für sie eine größere Bedrohung als für mich.
Bei meinem Rückruf schwappt mir die Laune ein zweites Mal ins Ohr. *Hier ist der Responder von Tanja und Adalbert*, es ist demütigend, wenn Erwachsene auf dem Band ihre Vornamen nennen, *wir sind im Augenblick leider nicht zu Hause. Aber du*

kannst nach dem Pie-ieps gerne eine Naaachricht hinterlassen. Sie schaltet sowohl beim *Pie-ieps* als auch beim *Na* von *Naaachricht* eine Oktave hinauf. Jede Sexhotline würde sie einstellen, am besten als Chefin. Alle Männer würden nur noch mit ihr sprechen wollen.

15

Der Himmel ist blau, man würde am liebsten hineinspringen wie in ein Schwimmbecken. Ich sitze vor dem Einfamilienhaus im 23. Bezirk im Schatten einer Kastanie. Die Kastanie sieht aus wie das Foto einer Kastanie. Kein einziges Blatt bewegt sich.
Vorhin habe ich Tanja am Phony erreicht, sie sagte, sie sei nur einen Sprung im Nanomarkt, ich solle ruhig vorbeikommen.
Meine Gedanken schweifen zu Adalbert, den ich vor einem ¾ Jahr hier zum ersten Mal traf. Es war eine turbulente Zeit: Der Konzentrationsblock hatte Minister Fleischhang wegen dem ISP-Skandal verloren, der Aktienmarkt erholte sich vom zweiten Schlag der „Schwarzen Nuller Jahre“, die BURN-Fälle in Europa gingen zurück. Gleichzeitig gab es die ersten Toten in Afrika. Die Welt kam wieder in ihre herkömmliche Ordnung.
– Adalbert hat Ziegenkäse-Strudel zubereitet, und ich wasch den Salat …, hat Tanja gesagt. Adalbert lächelte staubzuckermäßig, seine Haare glitzerten wie ein Fischschwarm.
Hier unter der Kastanie überlege ich mir, ob dieser dumme Glanz in seinen Haaren meine Schwester dazu brachte, Wörter wie *zubereitet* zu verwenden.
Obwohl ich mir wirklich Mühe gab, sollte es ein fataler Abend werden, ein programmierter Zusammenstoß. Ich kann mich an jedes Wort erinnern.

– Mach es dir bequem. Tanja, möchtest du Fiona nicht einen Drink servieren!?
Meine Schwester unterbricht das Salatzupfen und drückt mir eine Bierdose in die Hand.
– Findest du nicht, dass Dosenbier nach Blech schmeckt?, fragt Adalbert, – Tanja, machst du bitte einen Daiquiri!?

Sein *Bitte* klingt wie der klebrige Belag an der Innenseite eines öffentlichen Mistkübels.

Tanja stellt ihm den Daiquiri hin und zieht sich in die Kochnische zurück. Ich sehe mich um. In der Mitte eines mittelteuren Ikeatischs namens *Ove* schickt eine Kerze einen dünnen Rauchfaden nach oben.

– Deine Schwester hat eine einzige schlechte Angewohnheit, verfolgt Adalbert meinen Blick.

Ich schweige.

– Die Zigarette nach dem Essen.

Er betrachtet seine Schulter. Wahrscheinlich wundert ihn, dass keiner draufklopft.

–Solange es nicht in meinem Schlafzimmer stinkt – er lässt eine besitzanzeigende Pause zwischen *meinem* und *Schlafzimmer* – ist dagegen nichts einzuwenden …

Sein Lächeln schmerzt mich bis in die Arschbacken.

– … also eine Smoke-Devouring-Candle schadet nicht. Wenn man ein Abendessen schätzt. Ich bin sonst kein Freund von übertriebener Romantik. Romantik ist natürlich ein schwammiger Begriff, aber wenn eine Frau und ein Mann alleine sind …

Der Kerl glaubt, dass es sich bei seiner Soloshow um Kommunikation zwischen menschlichen Wesen handelt! Mir ist klar, dass ich Tanja enttäuschen werde, aber meine nächste Frage ist Notwehr.

– Redest du immer so einen Scheiß daher?

Adalbert presst seinen Adamsapfel durch die Speiseröhre in Richtung Darm. Er dreht den Kopf mit androidenhaften Ruckbewegungen in Tanjas Richtung.

– Fiona geht ganz schön zur Sache. Hast du ihr keine Manieren beigebracht?

Eigentlich sollte ich ihm den Rest geben, aber das kann ich meiner Schwester nicht antun.

Ich nehme einen tiefen Schluck Bier und verzichte Tanja zuliebe auf den Rülpser.
Wieso ist jemand, den man gerne hat, freiwillig mit einem anderen zusammen, den man unter keinen Umständen je akzeptieren wird? Wieso lassen sich gute Freunde – ich hatte meine Schwester vor einer Million Jahren als beste Freundin angesehen, bevor Kerle wie Charlie oder Adalbert ihr Leben demolierten – so leicht beeinflussen?
Sogar bei der Einrichtung des Hauses! Jedes einzelne Objekt entspricht logischerweise dem Geschmack eines Web-Application-Designers. Auf die *entzückende Stiege* zwischen den zwei Etagen ist Tanja auch noch stolz.

Von hier aus betrachtet, ist das Einfamilienhaus von Tanja und Adalbert halbwegs erträglich. Jedenfalls macht es einen soliden Eindruck, verglichen mit den anderen Häusern der 4.000-€-Netto-Verdiener.
In der Loggia steht ein nagelneuer Kinderbuggy. Gewissenhafte Eltern überlassen nichts dem Zufall.
Diese Welt ist unergründlich.
Endlich biegt sie mit zwei Nanomarktsäcken um die Ecke. Ihr Bauch ist beängstigend. Mir wird unwohl bei dem Gedanken, dass sich da drinnen eine mit mir blutsverwandte Miniaturausgabe von Adalbert herausbildet.
Typisch für Tanja ist, dass sie sich den Einkauf nicht über die Shopping-Line bestellt, sondern sich selbst auf den Weg macht.
„Erwartet ihr ein Menschenbaby?“ Ich deute auf den Buggy in der Loggia. „Oder königlichen Nachwuchs?“
„Spinnst du?“ Tanja ignoriert meine Frage, ihre Generation sieht eine Glatze politisch. „Willst du einen Kampftrupp der FF gründen?“
Beim Umarmen bin ich ganz behutsam, um keine Frühgeburt auszulösen.

„Die Zöpfe sind mir“, ich probiere ein ironisches Gesicht, „auf den Arsch gegangen.“
„Eher bis zum Arsch gegangen“. Sie tappt auf flachen Sohlen vor mir her. „Neuer Freund, oder was?“
„Halb so schlimm.“
In meinen Träumen bin ich manchmal selbst schwanger. Natürlich renne ich ohne Unterbrechung gegen Tischkanten oder schlitze mir den Bauch an Klinken auf. Wenn es einmal wirklich soweit ist, wird mich die Angst von innen auffressen.
Vielleicht wird die Angst sogar mein Kind auffressen.
In der Loggia rempelt meine Hüfte gegen den Kinderbuggy.

Ein dunkelroter Lappen hochgesteckter Haare ragt hinter einer Tischplatte in die Höhe. Unter dem Ikeatisch *Ove* steht ein Eimer.
„Lass dich nicht von Jolanta stören! Mach es dir im Wohnzimmer bequem, ich stelle Teewasser auf.“
„Griss Gott.“ Jolanta ist höchstens fünf Jahre älter als ich.
Ein paar Sekunden lang starre ich auf ihr Hinterteil. Dann renne ich meiner Schwester in die Küche nach.
„Du glaubst doch nicht im Ernst, dass ich mich mit den Füßen in ihren Putzeimer stelle?“
„Du denkst, wir beuten eine Polin aus.“ Tanja stellt chinesische Teetassen hin, obwohl ich lieber Nescafé hätte. „Jolanta erhält 8 € die Stunde. Sie arbeitet, damit ihr Mann nachkommen kann. Wir können auch nichts für die Arbeitslosigkeit bei den neuen Mitgliedern der Union.“
Aus taktischen Gründen verzichte ich auf den Gegenschlag und auf die Nescafé-Forderung.
„Wir bleiben trotzdem in der Küche“, antworte ich, „ich rede ungern vor Fremden.“
„Wie du meinst. Wenn du Geheimnisse besprechen willst …“
Mit einem Seitenblick auf ihren Bauch stecke ich die Packung Nil Filter in die Tasche zurück.

„Wegen mir kannst du ruhig rauchen“, sagt sie. „Adalbert verabscheut den Geruch.“
„Du solltest selbst drauf achten. Es geht ja nicht um Adalbert, sondern um dich.“
Niemals würde ich Adalberts Stammhalter zur Totgeburt machen, flüstern mir meine unpassenden Gedanken.
„Wie wahr“, sagt Tanja. „Adalbert ist für zwei Wochen auf Schulung in London.“
„Der Web-Application-Designer wird neu designed?“
„Sei nicht zynisch.“
„Wenn er die Wahl schwänzt, heißt das eine Stimme weniger für Schneyder.“
„Jetzt reichts aber! Adalbert wählt nicht FF, sondern Strohbusch, mit Wahlkarte.“
„So schaut er auch aus.“
Tanjas Leidenschaftslosigkeit, was die Abwesenheit von Adalbert betrifft, gibt Grund zur Hoffnung.
Ich blicke mich um. Am Kühlschrank haftet der Name André in Form von Magnetbuchstaben, allerdings ohne Akzent. ANDRE hat was Bescheuertes.
„Findest du nicht, dass André nach Snob klingt?“
„Sie wird Andrea heißen.“
„Ich dachte, ihr wollt das Geschlecht nicht vor der Geburt …?“
„Das glaubt Adalbert. Aber ich bin die Ärztin.“
Da kann ich gar nicht anders, ich umarme sie. Vielleicht ist ja doch etwas übrig von der wilden Tanja der mittleren Neunziger Jahre, die um Mitternacht Kochtöpfe auf den Gürtel hinunterschmeißt!
„Ich hab gestern Besuch gehabt“, setze ich an.
„Zucker oder Milch?“, fragt Tanja, obwohl sie weiß, dass ich Tee schwarz trinke.
„Charlie war bei mir. Dein Ex-Freund Charlie.“
„Charlie? Der ist doch im Knast … Was wollte er?“

„Keine Ahnung. Er hat nur auf einen Sprung vorbeigeschaut."
Tanja ist ziemlich bleich geworden.
„Fiona, du kannst in deinem Leben tun, was du willst. Aber Vorsicht bei Charlie."
„Er hat so herum geredet." Ich nähere mich dem wunden Punkt, ohne allzu konkret zu werden. „Wegen den alten Zeiten."
„Irgendwas Spezielles?"
„Wieso?", frage ich. „Weiß er Geheimnisse?"
Ihr Gesicht ist anders als sonst, roh und jung. Es dauert ein wenig, bis sie den Faden findet.
„Erinnerst du dich, dass ich im Sommer 2000 ein zweites Mal mit Charlie zusammen war?"
„Natürlich. Zur Zeit der Micro-Scooters."
„Ich hab damals einen Fehler gemacht. Du weißt ja, dass alles, was mit Charlie zu tun hat, auch mit … mit Unregelmäßigkeiten zu tun hat. Er ist wegen Erpresserischer Nötigung angeklagt gewesen. Gemeinsam mit seinen Vorstrafen gab das mehrere Jahre. Dadurch bin ich losgekommen von ihm. Ich hab schon gehofft, es sei überstanden. Das Problem war, dass sein Prozess im Jahr 04 wieder aufgerollt wurde. Ich bekam eine Vorladung als Zeugin."
„Unregelmäßigkeiten, das ist gut. Du hast mir nichts davon erzählt!"
„Du musstest Tritt fassen, du warst fünfzehn. Meine Aussage von 04 hatte einigen Einfluss auf den Ausgang des Prozesses. Er hält mich seitdem für seinen bösen Engel. Was wollte er wirklich von dir? Du hast ihm meine Adresse gegeben, stimmts?"
„Natürlich nicht."
„Hör mal, Fiona. Ab jetzt hat Charlie Hausverbot. Verstanden?"
Wir glotzen uns so lange an, bis ich den Eindruck habe, es ist Zeit, zu nicken. Mir ist klar, dass sie nicht alles gesagt hat, aber das gleiche gilt für mich.
Seit 2008, der Heilung meines Kahnbeins, als sie weiterhin mit DMW telefonierte, den sie *Joe* nannte, reden wir meistens anei-

nander vorbei. Nicht dass ich eifersüchtig war. Aber es hat mich gestört. Erstens hätte man glauben können, dass die beiden über mich sprechen und zweitens – sie hätte seine Tochter sein können.

Plötzlich ertönt ein Krach, der mich wieder auf den Boden bringt. Es klingt, als würde die hübsche Stiege zwischen den Etagen zusammenbrechen. Von nebenan ist ein irres Hämmern zu hören, und dann ein Schimpfen. Ein kleiner Junge rennt mir in die Arme.

„Darf ich vorstellen, Jerzy", sagt Tanja, „der Sohn von Jolanta."

„Queenies", sagt Jerzy und hält mir eine dieser öden Queeniepuppen hin, die gerade die Nanomärkte überschwemmen.

„Jurek!", ruft Jolanta in Befehlston.

„Geh zur Mama", streichelt ihm Tanja über die Haare.

Jerzy verzieht sich.

„Ich hab mir gedacht, er heißt Jerzy?", frage ich.

„Jerzy, Jurek, was weiß ich. Ich kann kein Polnisch."

„Zimmer gejt!" Jolanta streckt ihre Frisur herein. „Wo soll ich?"

„Auf der Stiege diesmal bitte auch den Rand."

„Was macht die in Polen?", frage ich nach einer Pause.

„Mit Geophysik fertig."

„Physikerin??"

„Sie lebt nun mal in Österreich", sagt Tanja. „Bei uns kriegt Jerzy eine Ausbildung."

„Zuschauen, wie seine Mutter euren Mist wegputzt."

„Möchtest du lieber, dass der Kleine hungert?"

Weil ich nicht möchte, dass jemand hungert, starre ich in die Luft.

Eine von uns hat offenbar überhaupt nichts verstanden. Wir kommen wieder einmal nicht zusammen.

Am Schluss küsst sie mich auf beide Wangen, was sie schon lange nicht mehr getan hat. Ich fühle mich sehr weit von ihr entfernt.

„Pass auf dich auf", sagt Tanja.
Beim Rausausgehen renne ich noch einmal gegen den Kinderbuggy. Meine pessimistischen Gedanken können nicht anders, sie haben mit Geburtskomplikationen zu tun, sie sind geschmacklos, mein Unterbewusstsein ist völlig losgelöst.

16

Die Sonne möchte meinen Helm in Brand setzen. Aber besser ein brennender Helm als rauchende Sohlen. Ohne Mobo wäre ich aufgeschmissen, besonders heute, wo mich Völkerball schon zum zweiten Mal in den *Bunten Hund* dirigiert.

Ich phantasiere von kühlen Leintüchern.

Mich wundert, wieso ich überhaupt Linien auf den Asphalt schreibe. Ein halbwegs vernünftiger Mensch würde sich bis zum Kinn in japanisches Medidationswasser legen und den Helm meinetwegen zwischen die Pokale stellen. Äußerstenfalls würde er aus Langeweile die Pokale abstauben. Nebenbei würde er vielleicht überprüfen, ob der Eistee schon gefroren ist. Vielleicht würde er einen Sprung zum Tichy machen – auch wenn einige Spinner den Schwedenplatz bevorzugen, ist der Tichy die beste Eisdiele der Stadt – und eine Tüte Solo-Haselnuss in Wasser verwandeln.

Er würde keinesfalls den Anweisungen Völkerballs folgen, der jede Stunde ein neues Shooting festlegt. Man spürt direkt die Hamsterbacken durch die Leitung. Und ich armselige Helmpuppe spiele mit! Ein halbwegs vernünftiger Mensch würde sich unter einen Wasserfall stellen. So schauts nämlich aus.

„Solche Wolken gibt es nur im 1. Bezirk!"

Diesmal betrachtet Völkerball wie in Hypnose das Hellblau. Die Wespen an den Scheiben begreifen den Grund für ihr Feststecken nicht. Vier oder fünf Wespen zusätzlich, und man würde von einer Invasion sprechen.

Ich könnte Völkerball darauf hinweisen, dass die weltberühmte Bläue des Ottakringer Himmels fast so oft besungen wurde wie der schlammgrüne Nil, der zum Riesenrad fließt, wogegen Loblieder auf den Himmel der Innenstadt vollständig unbekannt

sind. Nur soll man Journalisten von Revolverblättern nicht widersprechen.
Deshalb gähne ich und streiche über meine Kopfhaut. Unter meinen Fingern keimen zarte Sprösslinge. Ich denke an die Ex-Affenschaukeln, die es nun nie mehr geben wird, und an das freundliche Gesicht von DMW, als er das erste Mal die Zöpfe ansprach.
– Affenschaukeln waren in den Siebzigern modern. Ich hab nie verstanden, wie das funktioniert …, sagte er.
– Man flicht zuerst seitlich zwei Zöpfe, und dann befestigt man das pinselartige Ende der Zöpfe mit Hilfe eines Hairsticks unterhalb der Stelle, wo der Zopf am Kopf beginnt. Man kann auch Fun-Plaits machen daraus!
– Na du kennst dich aus …, antwortete DMW.
Jetzt sind die Affenschaukeln fort – Moderatorinnen von Singleshows tragen bereits welche – und DMW ist ebenfalls dahin.
Wenn er diese Keime auf meinem Kürbis sehen könnte, wäre er einigermaßen verblüfft. Meine Glatze fühlt sich an wie ein neugeborener Igel.
„Der Auftrag hat nichts Romantisches“, beendet Völkerball seine metaphysische Sitzung.
„Bei der buntesten Zeitung Österreichs“, die jobbedingte Schlagfertigkeit reibt mich auf, „gibt es selten romantische Aufträge.“
Er runzelt die Stirn.
„Vorher wollte ich dir was zeigen. Hast du eine Ahnung, wer das ist?“
Es handelt sich um ein Polaroidbild, ich besitze selbst eine solche Kamera. Das Polaroid zeigt einen Koloss mit grausamen Mundwinkeln: Charlie. Er sitzt auf einer grünen Couch. Neben ihm liegt ein violetter Umhang und er hält eine violette Teletubby-Kapuze ins Bild. Ich drehe das Polaroid um. Auf der Rückseite steht: *29.5.98. Auch wenn ihr es vergessen wollt, man wird das Datum nicht vergessen.*

„Schlechte Zähne“, Völkerball beobachtet meine Reaktion. „Der wollte mir das unbedingt persönlich in die Hand geben. Er sagte, ich würde mich schon auskennen. Das tu ich aber keineswegs.“
„Ein Ex-Liebhaber meiner Schwester, ständig hinter ihr her. Hast du ihm hoffentlich keine Adresse …“
„Woher soll ich die Adresse deiner Schwester kennen? Sieht nach Erpressung aus. Eine Teletubby-Faschingsverkleidung?“
„Keine Ahnung. Kennst du das Datum?“
„29.5.1998? Vielleicht hatten sie an dem Tag Geschlechtsverkehr“, sagt Völkerball „Ich arbeitete damals für die *Bild*. Wenn du mich fragst, der Typ hat einen Knacks. Zurück zum unschönen Auftrag heute abend. Er ist nämlich besonders unschön.“
„Ich bin deine Spezialistin für Unschönes“, gebe ich mühsam zurück, und stecke das Polaroid ein.
„Dann ist er das Richtige für dich“, sagt er mit gedämpfter Stimme. „Wir werden etwas bewegen, wir werden etwas bringen, was die Republik noch nicht gesehen hat.“
„Das tun wir doch täglich! Was soll der salbungsvolle Ton?“
„Was hältst du eigentlich von Ulf Schneyder?“ Er bläst die Hamsterbacken auf. „Ich meine, als Mann?“
„Ulf Schneyder als Mann? Naja, ein Kotzbrocken. Ewig jugendlicher Schwiegersohn. Rauhe Schale, dickflüssiger Kern. Außerdem viel zu alt.“
„Zu alt, das ist gut!“ Völkerball blickt mich spöttisch an. „Was würdest du sagen, wenn Schneyder nackt vor dir steht?“
„Zieh dich schleunigst an, Ulf!, würde ich sagen.“
„Wenn er dich dabei weder hört noch sieht?“
Weil mir diese Versuchsanordnung zu pervers wird, forsche ich in seinem Gesicht, aber da findet sich nur der Stoppelbart eines Starjournalisten, der einem Hamster nachgeraten ist.
„Ich könnte ihm auf die Zehen kotzen. Das würde er dann schon hören beziehungsweise sehen.“

„Sei um 20:00 am Dichandplatz." Er betont jedes Wort. „Dort spricht dich ein Mann an. Du nimmst extrem lichtempfindliche Filme. Und die analoge Kamera – es wird finster sein."
„Finster?"
„Und ohne Blitz. Und nimm eine Kotztüte mit."
Seine Hamsterbacken vibrieren. Die Sache ist doch auch heikel, sonst würde er keine analoge Kamera vorschlagen: Die einzige Methode, bei der es Negative gibt, handfeste Beweise.
„In dieser Finsternis befindet sich der nackte Schneyder?"
„Der Familienmensch und Oppositionsführer Ulf Schneyder, ja. Wenn alles glatt geht. Du kannst groß rauskommen Baby."
„Nenn mich nicht Baby, Völkerball."
„Du kannst groß rauskommen. Eine fette Prämie gibt es dann extra."
„Beim *Bunten Hund* kommt keiner groß heraus."
„Nach vollbrachter Tat fährst du direkt in die Redaktion." Er wendet sich würdevoll zu seinen hellroten Wolken. „Wir werden alle groß rauskommen, Baby."

17

Meine Recherchen über den 29.5.98 haben gar nichts ergeben. Im Archiv des *Bunten Hund* konnte ich in keiner Tageszeitung etwas Auffälliges finden, sieht man von Kuriosa ab (Große Koalition unter Viktor Klima, das erinnert mich an die Zeit meiner ersten Mathematikschularbeit).

Vor der Fahrt zum Dichandplatz mache ich einen Zwischenstop am Lerchenfelder Gürtel 304. Im Stiegenhaus ist mir unbehaglich, auch wenn ich mir einrede, dass Charlie bestimmt kein zweites Mal hinterrücks auf mich wartet. Siehe da, in der Türritze befindet sich eine neue Botschaft: *Du machst keinen Schritt ohne mich.*

Das klingt zwar originell, aber ich werde den Zettel ignorieren. Wieso sollte ich Angst vor einem Typen haben, der nicht einmal schlau genug ist, eine Erpressung so zu inszenieren, dass man sie kapiert?

Angst müsste ich eher vor dem unschönen Auftrag haben … aber irgendwie bin ich heute sowas von überdrüssig. Jetzt kommen sie mir mit Politik!

Früher fand ich das alles noch witzig. Bei guter Laune macht mich das kaputte Land sogar stolz, weil es so abwegig ist. Aber seit einem dreiviertel Jahr hab ich im Grund genug von der Politik, in dieser absurden Demokratie mit ihren halbjährlichen Wahlen, deren Ergebnis doch nie etwas ändert. Die einzige Demokratie der Welt, in der die Quiztante der Nation ernsthaft zur Bundespräsidentin gewählt werden kann und auch noch für vernunftbegabt gehalten wird!

Da ist das Auftauchen von Volkshelden wie Schneyder nur folgerichtig. Die gab es bei uns immer. Ich werde den Oppositionsführer jedenfalls nehmen, wie er ist. Er kann natürlich nur widerlich sein. Doch meine Stärke ist die Distanz zu den Objekten, die vor der Linse herumzappeln. Ganz innen bin ich notfalls widerlich zum Quadrat.

In der Wohnung ist alles so normal, dass es mich schon wieder verunsichert. Vorsichtshalber gehe ich mit einem Messer durch alle Zimmer, inklusive Geisterstadt. Kein Charlie. Nichts.
Ich werfe einen Blick auf den Gürtel hinunter. Die Dunkelheit würde sogar Elefanten verschlucken. Bevor die Stereoanlagen der Nachbarn den Nil zum Riesenrad fließen lassen, schließe ich das Fenster. Auf einem weit entfernten Gebäude im 15. oder 16. Bezirk leuchtet die österreichische Fahne, von hier aus in der Größe eines Bonbons. Die Patrioten haben schon recht, rot-weiß-rot ist eine gelungene Kombination.
Das Miauen von Schmutz nervt. Er kriegt eine Dose Edelkatz Canini, Geruchsvariante Gulasch mit Sägespänen, bevor ich meinen Schädel unter fließendes Wasser halte. Zwei Lungenzüge der Nil reichen, dann schickt mich der Darm aufs Klo. Die vollständige Entleerung erzeugt ein gewisses Sauberkeitsgefühl, und auf dem dreckigen Gebiet, das ich zu betreten gedenke, braucht man Sauberkeit unbedingt.
Etwas Hunger hab ich mir angezüchtet. Das kann auch nicht schaden. Mein Kühlschrank macht es mir leicht. Ich könnte höchstens Porree mit Tabasco essen. Und der Porree ist auch nicht mehr der jüngste.

Für den außergewöhnlichen Anlass hole ich die Leica M6 von DMW aus dem obersten Kastenfach in Geisterstadt. Und ich packe einige T-Max Schwarzweißfilme ein, 3200 ASA-Dinger, die ich notfalls auf 6400 pushen werde.
Völkerball hat eine analoge Kamera gefordert. Kann er haben. Über die Wahl zwischen Schwarzweiß und Color hat sich der Trottel nicht geäußert. So schauts nämlich aus.

Du machst keinen Schritt ohne mich. Noch einmal nehme ich das Polaroid mit Charlie und dem violetten Teletubby in die Hand. *29.5.98. Auch wenn ihr es vergessen wollt, man wird das Datum nicht vergessen.* Die gleiche Schrift, Stilrichtung Polytechnischer Lehrgang. Was dieses Datum nur bedeutet? Charlie hat behauptet, Völkerball würde sich schon auskennen. Für Völkerball drückt es anscheinend gar nichts aus. Was für ein wirrer, undurchschaubarer Vorstoß! Charlies Pech: wir verstehen ihn nicht.
Plötzlich fällt mir eine andere Sache wie Schuppen von den Augen. Das Polaroid ist mit meiner eigenen Polaroid aufgenommen! Und wirklich: meine alte Polariod ist nirgends zu finden. Hat sie der Trottel tatsächlich mitgenommen!

„Frau Argusgraf!", rufe ich.
Zuerst Stille, dann ein Knirschen. Sie tut so, als würde sie aus einem anderen Zimmer kommen.
Ein schlaffes Kinn schiebt sich über die Sicherheitskette.
„Ja bitte? Aaaaaaaah! Wo sind Ihre Haare hin?"
„Ausgefallen. Haben Sie den Mann gesehen? Der, der sich im Stiegenhaus herumtreibt?"
„Ich seh jeden!" Die ganze Argusgraf funkelt. „Sie haben ja eine Glatze!"
„Einen Mann mit Lederjacke."
„Die Ausländer aus dem dritten Stock? Die türkische Kleinstadt mit Kindergarten?"
„Einen düsteren Kerl mit Lederjacke, sicher 1,90 m."
„Türkische Zuhälter fehlen uns noch." Hinter der Sicherheitskette sieht sie aus wie in einen Käfig gesperrt. „Dass die Ausländer den Gürtel unter ihre Kontrolle bringen!"
„Kein Ausländer. Ein Österreicher mit Lederjacke."
Die Argusgraf runzelt die Stirn, als wäre die Vorstellung eines Österreichers mit Lederjacke abwegig.

„Ihre Besuche schauen auch nicht immer aus wie …“
„Ein Kerl mit Zahnlücken, ein richtiges Verbrechergesicht.“
„Sie haben ja selbst eine Glatze“, sagt die Argusgraf.
Jetzt lasse ich sie in ihrem Spalt stehen und hoffe, dass meine Saat aufgeht.

Wenn deine Eltern beim Aufprall auf die Meeresoberfläche in Fetzen gerissen wurden, wirst du in der Zukunft alles ertragen. Deine Generation taumelt vollgestopft mit Cab und Irrealos an dir vorbei. Du könntest zu ihnen gehören. Doch in deiner Gegenwart achten die anderen auf ihre Worte. Sie wissen, wie gezielt du zurückschlägst. Deine Eltern wurden zertrümmert. Du bist Champion der Meisterschaft im Ertragen. Nichts kann dich umhauen.
Draußen steige ich aufs Mobo. Der Abend ist warm. Kein Charlie weit und breit. Er ist mir auch egal. Ich würde heute sogar einen Charlie, ohne den ich keinen Schritt mache, ertragen. Ich fühle mich wieder einmal so richtig losgelöst.
Seit dem Absturz der *Karajan* lässt mich der Eindruck nicht aus, dass sich mein Leben *getrennt* hat. Ich kann es nicht besser ausdrücken. Mein Leben hat sich von meinem Leben getrennt. Zwei Konzepte für zwei verschiedene Zukünfte sind wie Kuchenstücke an einer Schnittstelle auseinander gebrochen. Manchmal glaube ich, dass die Variante mit der größeren Überzeugungskraft – die dahintröpfelnde Gegenwart – eine Art von Versuch ist. So wird das Leben zur Generalprobe, zu einem Versuch für das richtige Leben.
Eine solche Einstellung ist gefährlich. Man geht Risiken ein, denen man sonst ausweichen würde.
Du machst keinen Schritt ohne mich? Als nächstes werde ich ein paar Schritte ohne Charlie machen. Spätestens der Kontaktmann am Dichandplatz wird für meine vollständige Isolierung sorgen. Aus dem Rückspiegel blicken mir die Augen eines frischen

Mädchens entgegen, genau jenes, das ich heute spielen muss. Auf mein Äußeres kann ich mich verlassen. Ein Hoffnungsschimmer.

18

Falls man dem wackligen Spiel der Schwerkraft trauen kann, befinde ich mich in einem Lieferwagen in voller Fahrt über flaches Land.
Vorher hat man mir die Augen verbunden und mich in der Nähe des Dichandplatzes einem Begleiter übergeben, dessen Schmerz im Schienbein inzwischen hoffentlich nachgelassen hat. Beim Einsteigen war seine Hand drei Zehntelsekunden auf meiner Hüfte liegengeblieben. Seit meinem Tritt ist er stumm, was mir Gelegenheit gibt, mich zu sammeln.

Ohne das wichtigste Sinnesorgan merkt man, wie viele Mikroorganismen den eigenen Körper füllen. Besonders lebendig ist die Schleimhaut in der Nase. Sie pulsiert im Takt des Herzschlags.
Ich denke wieder einmal an Männer. Frankensteins stierer Blick. Kalb, der einem Atompilz gleicht, wenn er wütend ist. Völkerballs Hamsterbacken. Und ich denke an Charlie, wie er sich neben der rätselhaften Teletubby-Verkleidung polaroidet, in der Erwartung, dass der Anblick diese drei Monster aus den Sitzen katapultiert. Ich denke an die M6, die ich mitgenommen habe, ich denke an ein Gespräch mit DMW.
Plötzlich ist er mir ganz nahe.
Er hatte mir ursprünglich zu einer Digitalkamera geraten, aber meine Intention war, möglichst viele Bilder aus meinem Archiv in den *Bunten Hund* zu schwindeln.
– Bei der analogen Fotografie musst du dauernd Negative herumschleppen und in Data-Storages speichern …, sagte DMW.
– Mich nervt das Internet. Ich mag diese Müllhaufen nicht. Allein die Suchmaschinen! Wie können die in derart kurzer Zeit das gesamte Netz durchsuchen? So etwas Unheimliches!

– Suchmaschinen durchsuchen nicht erst, wenn du eintippst. Die suchen pausenlos. Die zeigen dir ihre vorgefertigten Lösungen.
Was mir an DMW gefiel, das waren diese anderen Perspektiven. Manchmal fällt mir ein, wie DMW war. Dazwischen, auch schon während unserer Beziehung, hatte ich es immer vergessen. Gute Liebhaber haben diese Unauffälligkeit. Man erkennt sie immer erst mit Verspätung.
In den meisten Filmen, die wir sahen, spielte De Niro mit. Jedesmal sah er anders aus. Wir schrien auf, wenn wir De Niro jedesmal mit Verspätung erkannten. Seine Wandlungsfähigkeit war so ärgerlich!

Nach zwanzig Minuten bleibt der Lieferwagen stehen. Mein Begleiter schubst mich auf eine betonierte Fläche.
Ein olfaktorischer Sensor würde abgestandene Stickstoffoxide, Kohlenmono- und Dioxide, Blei- und Schwefelverbindungen, Kohlenwasserstoffe und einen Hauch von gasförmigem Ruß lokalisieren. Das hier ist eine Parkgarage.
Ich werde am Arm durch die Halle geführt. Eine Metalltür quietscht. Steinstufen, ein Korridor, nochmals Stufen. Das Flattern einer Saloontür. Dahinter ein Raum mit wärmerer Luft. Es riecht nach Desinfektionsmittel und Hallenbad. Jemand drückt mich auf einen Plastiksessel.
„Sobald ich draußen bin, nehmen Sie die Binde ab. Und keinen Lärm machen!"
Die Schritte verklingen, ich löse die Binde. Ein saunaartiger Pritschenraum mit Holzverkleidung. Von zwei Röhren an der Decke kommt Licht. Ich probiere die Klinke.
Abgesperrt.
Mir fällt ein, dass ich Raucherin bin. Die gesamte Fahrt hatte ich keinen Gedanken an die Zigaretten verschwendet, wahrscheinlich wegen der verbundenen Augen. Das wäre eine bemerkenswerte Methode, das Rauchen aufzugeben.

– Warum trägst du die Augenklappe?
– Um meinen Zigarettenkonsum zu halbieren.
Ich zünde eine Nil an. Aschenbecher gibt es keinen.
Dafür ein Stapel Zeitschriften, fast ausschließlich Coverstories über Ulf Schneyder. Seine Karriere als Manager in Tokio und Stuttgart. Seine Gründung der *Freien Front* aus den Ruinen der Freiheitlichen Partei. Schneyders großer Coup, die Aufdeckung eines Spitzelskandals in der damaligen EU. Er und sein engster Mitarbeiter Lebesmühlbacher (im FF-Schattenkabinett ist Lebesmühlbacher Jugendminister) auf einem Alpengipfel. Sein stilles Privatleben, verheiratet seit mehr als dreißig Jahren, eine Tochter, ein Sohn. Das familiäre Umfeld durchdrungen von dieser anständigen, national orientierten, biederen, österreichischen Hirschgeweih-Provinz, in der man Wörter wie *Ehre*, *Gesinnung* und *Jagd* ernsthaft gebraucht.
Schneyder ist jedoch lange nicht so völkisch, wie er sich gibt. Im Gegenteil, er ist ein Tarnungskünstler: Staatstragend beim Handschlag mit dem Präsidenten von Aserbaidschan. Angriffslustig und dumpf beim Heimatabend der Tiroler Schützen. Verkleidet als Kanzler Bendrosch, auf einem Faschingsfest in Niederösterreich, eine Einlage, die Wellen schlug. Auf den älteren Bildern erkennt man die Tränensäcke, die er in einer Stuttgarter Privatklinik wegmachen ließ. Vor einem Jahr hat der *Bunte Hund* diese Schönheitsoperation nachgewiesen. Genützt hat die Aufdeckung nur Schneyder: Er bekannte sich zum Eingriff und outete Bendrosch als Zahnprothesenträger.
Mir ist übel vom Bildergeröll der Magazine, ich drücke die Nil auf dem Boden aus.
In diesem Moment öffnet sich die Tür.
Ein Mann von der Größe eines Beach-Volleyballers tritt ein. Ich bringe meinen Kopf in einen steilen Winkel. Seine Züge sind merkwürdig starr. Die beigen Handschuhe kreuzen sich über

der Brust. Dort bleiben sie auch. Jetzt bemerke ich, was an ihm nicht stimmt. Er trägt eine Falco-Maske aus Plastik.
Mit erhobener Nase schnuppert er durch den Raum. Die Nase hat an dieser Stelle eine Delle, vielleicht entspricht das der Physiognomie des Original-Falco.
Er entdeckt den Zigarettenstummel.
„Rauchen ist verboten!"
Irgendwie erinnert mich dieses Wesen an Gorillamensch, die Kopfgeburt, die in dunklen Nächten auf meinem Sofa sitzt.
„Kann ich verstehen." Weil ich Kommandos hasse, bin ich froh, gerade keine Nil im Feuer zu haben. „Mit diesen kleinen Luftlöchern würdest du ersticken."
„Ich bin Ihr Kontaktmann." Falco-Maske bleibt beim flüsternden Sie-Wort. „Alles in Ordnung?"
„Selbst wenn du als Herminator verkleidet bist, alles in Ordnung mit mir", flüstere ich zurück.
„Lassen wir dahingestellt, was ich vom *Bunten Hund* halte …"
„Ihr könnt diese Story ja auch dem *Falter* verkaufen, oder der *Nationalzeitung*!"
Darauf fällt ihm nichts ein.
Ich hole die M6 heraus. Wenn Völkerball mich sehen könnte: Beim wichtigsten Termin des Jahres erscheine ich mit der Ausrüstung einer Reporterin vor hundert Jahren!
„Falls Sie glauben, das ist ein Spiel", sagt Falco-Maske mit Seitenblick auf die Kamera, und Falcos Haare vibrieren wie Antennen, „dann liegen Sie falsch."
Die M6 hat ein gewisses Altwarenhändler-Flair. Und die meisten Ahnungslosen nehmen einem den Profi erst bei Teleobjektiven in der Größe von Staubsaugern ab. Dabei ist sie die einzige Kamera, die wirklich scharfe Bilder macht. Falco-Maske hat inzwischen überlauert, dass er keine Antwort kriegt. Er hält ein Phony in der Hand und betrachtet selbstzufrieden sein Display. Zu meiner Überraschung trifft er keine Anstalten, mich aus dem

Raum zu führen. Er fummelt in einem Sicherungskasten herum, der mir vorhin nicht aufgefallen ist.
Das Neonlicht erlischt.
„Was wird das?", frage ich.
„Wir öffnen einen Belüftungsschacht. Zwei Meter tief, bis zur Sauna. Bitte um Ruhe!"
Dort, wo eben noch die Pritschenwand war, steht jetzt ein viereckiges Loch in der Größe von vielleicht 50x50 Zentimeter offen.
„Auf den Bauch legen." Falco-Maske flüstert. „Arme mit der Kamera voraus."
„Das darf doch nicht wahr sein." Ich taste in das Loch. „Was soll ich da drinnen?"
„Fotografieren. Ist doch Ihr Job?"
„Hast du eine Decke oder irgendwas zum Auspolstern?"
„Für eine klassische Bauchlage hat die Natur Sie ausreichend gepolstert, oder?"
Normalerweise hätte der Kerl eine Ohrfeige kassiert, aber die Hemmschwelle ist bei einem toten Nationalhelden wie Falco ziemlich hoch.
„Arschloch", murmle ich und strecke den Kopf in die Öffnung. Als blinder Wurm taste ich mich voran. Es ist eng, wie in diesen Träumen, in denen man zwischen zwei Felsen steckenbleibt. Es heißt, sie sind das Echo einer Erinnerung an die eigene Geburt. Behutsam krieche ich vorwärts. Es wird wärmer.
Von weit vorne dringt eine Melodie an mein Ohr: DJ Ötzi! *Nasse Orangen am Nil / ich bin dein Kroko-Krokodil.* Knapp bevor meine Glatze an ein Gitter stößt, schrecke ich zurück. Das Gitter ist an einer Stelle aufgebogen. Dahinter bewegt sich etwas. Man sieht durch.
Der Nebenraum ist wirklich eine Sauna. Schwaden hängen in der Luft. Aus Lautsprechern tropft der Sommerhit, je näher ich der Öffnung rücke, desto dröhnender. *Der Nil fließt nach Wien.*

Einige halb besoffene Stimmen grölen mit, als wäre die Rapperei von DJ Ötzi nicht schon peinlich genug. *Er ist die beste Medizin.* Der erste, den ich erkenne, ist Ulf Schneyder. Nackt, ein langstieliges Sektglas in der Hand, lächelt er sein Zementlächeln. Neben ihm zwei ineinander verschlungene Bodybuilder mit glänzenden Rücken. *So wie ich das beste für dich bin.* Zwei Meter weiter sitzt Generalsekretär Lebesmühlbacher, ab nächsten Monat vielleicht Jugendminister, neben einem blonden Jungen, auch die beiden ohne Bekleidung und mit Sektglas. Sie singen den Chorus. Jetzt bemerke ich den Schwarzen, dessen Zunge über Schneyders Unterschenkel gleitet. Und zwar recht effektiv. Schneyders Schwanz zeigt in die Höhe wie ein Blumenstengel. Das ist wirklich delikat: gemischtrassige Liebe in der *Freien Front*! Ich rücke die M6 gegen das Gitter.
Ich bin dein Kroko-Krokodil.
Eigentlich fühle ich mich sicher. Zum Glück ist die Leica M6 beim Abdrücken die leiseste Kamera auf diesem Globus. Als Sucherkamera hat sie keinen scheppernden Spiegel. Obwohl man auch die Nikon nicht hören könnte, so penetrant ist DJ Ötzis Gesang.
Die M6 schweift nach rechts. Lebesmühlbacher lässt sich vom blonden Jungen den Bauch mit einer weißen Flüssigkeit einreiben.
Sperma!
Man kann ganz schön auf der Leitung stehen mit der Linse hinter einem Lüftungsgitter.
In mir formulieren sich bereits die Schlagzeilen Völkerballs: *Ulf und sein Schattenkabinett* oder *Schneyder ohne Kleider*.
Ein bisschen irritiert mich schon, dass Schneyder wenige Tage vor der Wahl so unbefangen seinen Vergnügungen nachgeht. Irgendwie bin ich skeptisch. Die Szene sieht aus wie ein inszenierter Porno bei einem Ähnlichkeitswettbewerb für FF-Politiker. Aber soweit man das erkennen kann, handelt es sich

um den echten Lebesmühlbacher und um den echten Schneyder.

Der echte Schneyder ist mutig genug, so etwas in der Woche vor der Nationalratswahl zu tun! Vor genau dieser Unberechenbarkeit zittern seine Gegner. Bendrosch würde sich bestenfalls Bodybuilderfotos von Alias-Accounts auf nicht-offizielle Infobases laden.

Wir fließen den Nil entlang. Alle singen mit, außer dem Oppositionsführer und seinem Schwarzen. *Nie wird unser Spiel zu lang.* Es ist ein Fußballplatz-Gegröle, wozu besser Bier passen würde als diese mageren Sektgläser.

Schneyder lächelt vor sich hin. Der Mann kann sich die undichten Stelle in seinem Netz gar nicht vorstellen. Wahrscheinlich hält er es für ausgeschlossen, dass irgendjemand in der FF so unverschämt ist wie er.

Die Heiterkeit dieser Widerlinge wurmt mich. Ich gönne Schneyder und Lebesmühlbacher den Spaß nicht.

Beide sind verheiratet.

Am liebsten würde ich sie wie Speere in ihre Ehebetten schleudern.

Ich wechsle zum zweiten Film. Ulf Schneyder stellt sein Glas ab. Er steigt eine Holzstufe herunter und kommt auf mein Versteck zu. Mir wird heiß, als er prüfend in die Höhe blickt. Fehlalarm. Von seiner Seite wirkt das aufgebogene Gitter wahrscheinlich wie ein schwarzes Loch.

Der junge Schwarze ist unterdessen nachgerückt. Er langt mit seinen Lippen zwischen den Oberschenkeln des Parteiführers an. Ich bemühe mich, die Vorderseite des Helden der Massen auf ein Bild zu bringen.

Von hinten, aus dem Pritschenraum, kommt kein Signal.

Vielleicht ist Falco-Maske beleidigt, weil ich ihn *Arschloch* genannt habe. Unheimlich ist mir dieser Kerl schon. Die ganze Zeit sieht er nichts als meine Schuhe. Ich stelle mir vor, wie er vor

Erregung glüht und selbst seinen Schwanz herausnimmt. Naja, das ist wahrscheinlich meine eigene dreckige Phantasie.
Ich trage ausgelatschte Turnschuhe, aber wer weiß, was Falco geil macht.

Nach vielleicht zwanzig Minuten und fünf Filmen stupst mich Falco-Maske an.
Vor Schreck kreische ich fast in den Schneyderraum hinein.
Falco-Maske zerrt von hinten an mir. Mein Fuß schlägt aus, und dann zerrt er nicht mehr. Beim Herausschlüpfen aus der Röhre wird mir richtig klar, wie eng sie ist.
Ich glaube, wenn ich auch nur einen halben Schweinsbraten mehr gewogen hätte, würde ich immer noch drin stecken.
„So, aus, Schluss", sagt Falco-Maske, „das wars, meine Kleine."
Heute bin ich sanft wie ein Meerschwein. Ich verzichte auf eine Angabe meiner 167 Zentimeter. Oder vielleicht nur mehr 166, wegen der Glatze.
Ich fürchte schon, er holt eine Knarre raus oder nimmt mir die Filme weg, aber so simpel ist das Spiel nicht.
Falco-Maske hat eine Frage in meinen Augen gelesen.
„Ulf Schneyder, das ist der Mann, der ab Sonntag Österreich regiert. Die machen euch kaputt, die lassen euch keine Sekunde zum Atmen, die heben euch aus den Schuhen. Ich verstehe eh, wieso der *Bunte Hund* eine Frau mit Mickeymaus-Kamera aussucht."
„Und wer hat *dich* ausgesucht?"
„Der *Bunte Hund* stellt den Scheiß aufs Cover", fährt Falco-Maske unbeirrt fort, „was mit den Wasserträgern geschieht, ist denen egal."

MITTWOCH 7. Juli 2010

19

Nach Mitternacht tritt das Mobo offenbar in Warnstreik. Beim vierten Versuch springt es an, erst bei der Friedensbrücke ist seine Krise übertaucht. Auf keinen Fall fahren wir in den *Bunten Hund* und lassen uns von Völkerball beschimpfen. Soll er sich ruhig die Unterhose gelb machen.

Hinterher, nachdem ich das Endprodukt meines Saunabesuchs selbst in der Hand gehalten habe, kann es meinetwegen die österreichische Innenpolitik der frühen Zehner Jahre durcheinanderwirbeln.

Beim Einbiegen auf den Währinger Gürtel denke ich an die Rückfahrt. Obwohl ich außer einem nochmaligen Tritt gegen das Schienbein alles probiert hatte, verriet mein wortkarger Begleiter, der gleiche wie vorhin, nichts über die Hintergründe. Was die FF oder Schneyder betrifft, kein Wort. Obwohl man den politischen Standpunkt bei solchen Typen oft durchhört, egal wie exakt sie einem die Augen verbinden. Es liegt am Vokabular. Sie verwenden ausschließlich tote Wörter.

Allerdings tun das die Bendrosch-Fans vermutlich auch.

Am Dichandplatz waren meine Knöchel steif, dafür hatte das wieder erlangte Sehvermögen aufgrund der Dunkelheit diesmal keine Aussetzer. Ich hatte gar kein Bedürfnis, mir die Nummerntafel des Lieferwagens zu merken.
Wie Glühwürmchen säumen die Lichtquadrate den Hernalser Gürtel. Durch ein offenes Fenster dringen die Hilfeschreie einer Frau, keine Ahnung, ob aus einem Film oder echt, jedenfalls kriege ich eine Gänsehaut. Vernünftig wäre es, einen Bogen auf den Asphalt zu schreiben und zum *Bunten Hund* umzukehren. Aber das Mobo sträubt sich gegen jeden Richtungswechsel.
Eine allerletzte U6-Garnitur zischt mit ihren pneumatischen Türen, als ich den Lerchenfelder Gürtel erreiche.

Im *Ledernen Gürtel* brennt Licht, und die Rollbalken sind oben, ungewöhnlich für diese Uhrzeit. Normalerweise schließt Ignaz um 22 Uhr. Das schaut gar nicht gut aus.
Sein Platz hinter der Theke ist leer. Und das Brett mit der Kondomkollektion ist heruntergebrochen. Überhaupt liegt eine Menge Zeug am Boden herum: Peitschen, Videos, Gummiutensilien. Erst auf den zweiten Blick bemerke ich, dass er selbst auf dem Fußboden sitzt, zwischen den beiden Puppen namens Sara und Klara.
„Himmel, Ignaz, was machst du denn da?"
„Erinnerst du dich an Charlie?" Seine Nasenflügel zittern im Takt der Pulsschläge, denn vieles davon, was sich bei dünnen Menschen innen abspielt, sieht man bei dicken Menschen von außen. „Charlie war hier."
„Bist du verletzt?"
„Ich versuche mich zu fassen." Das gesamte Elend des jungen 21. Jahrhunderts erschüttert die fahlen Fettwülste in seiner Wangengegend. „Charlie hat gedroht, dass er mir den Laden auseinandernimmt ..."

„Wann war das?"
„Gerade eben, vor zwei Stunden. Er hat gesagt, das sei ein Vorgeschmack."
Die Vorstellung, wie Ignaz zwei Stunden lang mitten in seinem Geschäft sitzt, unförmig, ratlos, links von Sara, rechts von Klara, ist deprimierend.
„Hol die Polizei!"
„Die Polizei?" Ignaz richtet sich schwerfällig auf. „Meine Liebe, wir sind hier am Gürtel, falls dir das nicht aufgefallen ist."
„Aber das ist Gefährliche Drohung!"
„Gefährliche Drohung? Da lachen die nur." Seine Tigerpatschen wackeln mitleiderregend. „Außerdem verteidige ich mein Geschäft selbst."
„Wir rufen Tanja an."
„Tanja??" Er fährt auf. „Auf keinen Fall! Tanja ist schwanger."
„Charlie ist ihr Ex-Freund, nicht deiner. Sie sollte das erfahren."
„Später. Meine Mutter hat gesagt, alle werden alles erfahren … früher oder später, und spätestens am Tag des Jüngsten …"
„Später? Wenn er dir den Laden auseinandergenommen hat? Deine Produktionsversuche von Realos und Irrealos, diese Phase deines Lebens ist vollständig abgehakt, oder? Ich meine damit, Charlie ist brutal, aber in der Hand hat er nichts."
„Solche Leute haben immer etwas in der Hand gegen einen", stöhnt Ignaz. „Außerdem waren es keine Realos, sondern Trips. Ich werde einen Stock höher gehen, in die Wohnung. Ich benötige etwas Wurst."
Ignaz löst den Mechanismus für die Rollbalken aus, und das gewellte Eisengitter rumpelt nach unten.
„Morgen Vormittag erklär ich dir das. Komm einfach vorbei. Gute Nacht."

Im Stiegenhaus des Lerchenfelder Gürtel 304 riecht es nach Reinigungsmittel, und noch etwas anderes liegt in der Luft.

Mit dem Phony ans Ohr gedrückt fühlt man sich sicherer. Man hat einen Zeugen oder kann zumindest tun, als ob. Ich hätte die Gelegenheit genützt, um die Konfrontation hinter mich zu bringen, doch Völkerball hat auf Phonybox geschaltet.
„Mission erfüllt", spreche ich auf seinen Responder. „Die Filme bringe ich morgen."
Da ist etwas Vages, Schwebendes im Stiegenhaus. Als hätten die Geister aus Geisterstadt nach einer Party nichts als Stille übrig gelassen. Als wäre die Schwerkraft aufgehoben. Aber der Lurch bedeckt die Stufen, und Wespen donnern unverdrossen von innen und außen an die Scheiben.
Ich denke an den Oppositionsführer. Es ist wohl ein österreichisches Spezifikum, dass rechtsextreme Führer regelmäßig der Homosexualität verdächtigt werden, obwohl sie empirisch nachweisbare Familien haben.
Die Karriere dieses Mannes ist jedenfalls nicht mehr die gleiche, wenn die Bilder an die Öffentlichkeit geraten. Den schwarzen Liebhaber verzeihen ihm seine Wähler nie.
Bedenklich ist es nur, dass ausgerechnet der *Bunte Hund* diese schmutzige Politik machen muss. Ich vergönne Kalb und Völkerball den Triumph nicht. Sie haben kein Gewissen, sie pfeifen auf die Fragestellung, was ein publizierter Schneyderschwanz für die österreichischen Homosexuellen heißt. Mir ist das auch ziemlich egal, aber es füllt sich mit Bedeutung, wenn ich an die Gedankenlosigkeit des *Bunten Hund* denke. Die Homosexuellen sollten nicht noch mehr verärgert werden, sie haben genug Sorgen in diesem altmodischen Land.
Der Corn hätte diese Fotos machen sollen, nicht ich. Im *Falter* wären sie besser aufgehoben. Aber der Corn hätte nicht in den Belüftungsschacht gepasst.
In meinem Türspalt befindet sich kein neuer Zettel. Vor dem Aufsperren – immerhin ist das Schloss noch heil – potenziert sich die Stille. Sie klingt fast schon wie ein Presslufthammer.

Noch dazu scheint die verdammte Glühbirne im Vorzimmer kaputt zu sein.
Zum Durchqueren des Vorzimmers brauche ich sechs Schritte.
Heute ist alles anders. Beim vierten Schritt stößt meine Schulter gegen etwas Haariges.
Gorillamensch!, ist mein nächster Gedanke.

Schmutz hängt am Schwanz von der Deckenlampe. Er pendelt hin und her. Tausend Stockwerke weiter unten, tief in der Hölle, läuft gedämpfter Cab und ein Teekessel macht den Schrei einer trostlosen Eule.
Es dauert drei Zehntelsekunden, bis ich begriffen habe, dass das Pendeln vom Stoß meiner Schulter herrührt.
Ich drehe das Küchenlicht an.
Die Krallen von Schmutz sind herausgestreckt und blutig, der Kopf zur Seite gespreizt. An seinem Hals verläuft ein gezackter Schnitt von einem Ohr zum anderen.
Ein eisiger Brocken unter meinem Brustbein drängt aufwärts. Die Flüssigkeit schmeckt nach Säure, ich kotze sie raus, sie schwappt über, wie bei einem Dammbruch.
Am Boden vermischt sich die Brühe mit dem Blut aus dem aufgeschnittenen Kater.

Später löst sich meine Starre. Am Gaumen klebt mir dieser trockene Belag, der an Mannerschnitten erinnert. Ich richte mich auf und versetze dem Sofa einen Tritt.
Beim Abnehmen des Kadavers rutsche ich ab. Das Fell ist flaumig. Schmutz ploppt wie ein Schulranzen in den See aus Blut und Kotze.
Als ich mir im Badezimmer Wasser über die Hände fließen lasse, kapiere ich, wo Schmutz ausgeschlachtet wurde. An den Seitenwänden der Badewanne kleben dunkelrote Schlieren.

20

Wie Butterkekse müssten wir bei Todesfällen zerbröseln. Das tun wir aber nicht. Im Gegenteil. Wir werden zu Serienhelden des Ertragens. Ein automatisches Notprogramm setzt ein, das von Außenstehenden *bewundernswerte Stärke* genannt wird.
Der Mord an Schmutz hat mich in die Knie gezwungen, aber er zerstört mich nicht. Ich kippe zwei Dosen Bier hinunter. Klar, ein Teil von mir will in der Luft zerplatzen, sich von Brücken stürzen und Passanten den Hals aufschlitzen ... trotzdem ist der Mord zu ertragen.
Ich stopfe mir Ohrenstöpsel in den Schädel, die noch von DMW stammen. Ohrenstöpsel erzeugen eine ausgepolsterte Atmosphäre, kuschelig wie im Zentrum einer Wolke.
Wahrscheinlich bringt mich diese Atmosphäre auf die Idee. Ich wickle den Körper von Schmutz in mein T-Shirt, auf dem Scotty einem Vampir ähnelt. Das Bündel lege ich in den ausgeräumten Caninikarton, mit dem ich unlängst sechzig Dosen Edelkatz Canini hergeschafft habe. Schmutz hat sie nach der Reihe verschlungen und hätte gerne weitergeschlungen. Bei der vierzigsten Dose hat ihn der Appetit für immer verlassen. Es ist schrecklich, dass dieser Karton jetzt zu seinem Sarg wird. Aber ich möchte den Kadaver transportbereit halten, falls der Rest des Abends hektisch werden sollte.
Die Ohrenstöpsel sind tröstlich.
Wenn sie existieren würden, hätte ich mir längst Augenstöpsel und Gefühlsstöpsel zugelegt.

In der Dunkelkammer reiße ich mit der Zange die T-Max-3200-Filme auf und spanne sie in Spiralen.
Die Arbeitsabläufe während der Ausarbeitung sind automati-

siert. Entwickler, Stop-Bad und Fixierer, Wässerung in der 5er-Entwicklungsdose, Trocknung im Trockenschrank, Einschneidung der Filme: die stumpfsinnigen, ewig gleichen Prozeduren. DMW hat diese Prozeduren geliebt. Beim Gedanken an sein aufmerksames Gesicht während der Entwicklung von Schwarzweißfotos wird mir fast feierlich.
Und trotzdem kommen keine Tränen. Ich bin innen trocken, als wäre ich dem Trockenschrank entstiegen.
Von vier Negativen stelle ich Abzüge her. Unter Rotlicht – in dieser Beleuchtung sieht die Duschkabine bordellartig aus – spanne ich den Streifen in den Vergrößerer, belichte per Timer fünf Sekunden. Im Entwicklungsbad arbeiten sich die Konturen heraus: Gerippe mit erhobenen Gläsern.
Sie bilden einen Kreis um den Propheten Ulf Schneyder. Nur Lebesmühlbacher hält eine gewisse Distanz. Über seinen Rücken ziehen sich mehrere lange Narben. Die sind mir in der Sauna nicht aufgefallen.
Einer der Abzüge zeigt den Oppositionsführer von vorne. Er hält das Sektglas schief. Zwischen seinen Schamhaaren glänzt die Zunge des Jungen wie ein orangenes Feuer.

Als Gegengewicht zur dritten Dose Bier schütte ich einen Bulldrink nach. Keine Wirkung. Den Caninikarton stelle ich neben die Infobase. Schmutz soll in meiner Nähe bleiben. Vielleicht kann ich durch ihn dahinter kommen, was in meiner Welt schiefläuft. Der Karton riecht jedenfalls nach Mannerschnitten.
Ich werde die gescannten Abzüge der Saunafotos auf einer Storage-Page speichern. Meine Infobase stammt aus der Frühzeit, gewöhnlich funktioniert sie reibungslos. Doch irgendetwas stimmt mit meinem ISP nicht. Die Infobase baut keine Verbindung auf, sie verweigert den Zugang zum Internet.
Nur zur Probe lasse ich mich auf die Matratze fallen und schließe die Augen. Ein Netz von Schlaf umfängt mich. Das Heben und

Senken meines Brustkorbs wird zur einzigen Regung. Mit trockenem Rüssel wartet eine Gelse, bis mein Atmen regelmäßiger wird. Bald beträgt meine Pulsfrequenz nur noch die Hälfte des Intelligenzquotienten.

Eine solche Fotoserie gibt man nicht aus der Hand, flüstert die Stimme von DMW, und ich bin froh, dass er hier ist, in einem Moment, wo ich ihn dringend brauche. *Erinnerst du dich an das Jahr 2008? Unser erster gemeinsamer Abend mit Schmutz. Die Fichte, die du heraufgeholt hast vom Christbaummarkt …*

Ein Traum! Der Magen brennt vor Enttäuschung, als ich das begreife. Die Ohrenstöpsel dämpfen die Gedanken. Ich bin zu erschöpft, um aufzustehen.

Jetzt überrollen mich die übrigen Figuren. Ein Uniformierter rammt mir eine Spritze ins Knie. Ein Arzt mit den Gesichtszügen von Lebesmühlbacher greift mir in die Hose. Er tritt gegen mein Schienbein. Verdammt, sie treffen einen jedes Mal an der gleichen Stelle.

21

Das Jahr 2008 war, verglichen mit den Jahren 02 bis 07, wie mit frischer Farbe gestrichen. Der Grund dafür war DMW und all die neuen Perspektiven, die in mein Leben geschwappt sind. Eine davon war das Weihnachtsgeschenk.
Normalerweise habe ich den Baum meist knapp nach Einbruch der Dunkelheit gestohlen. Am 24. Dezember 2008 hatte ich Pech. Der leer geräumte Baummarkt hatte nur einen fichtenähnlichen Staubwedel hinterlassen, den ich im Vorbeigehen übermütig gegen die Tür der Argusgraf rammte. Irgendeine Heiligenfigur krachte auf den Boden.

– Aufmachen, Kriminalpolizei!
– Hundskrüppel – schreit die Argusgraf, die einen gewissen Sinn für Humor hat – die Nadeln könnens gleich wegputzen!
Vom Sturz ihrer Madonna merkt sie nichts.
Ich schleife die schwachbrüstige Fichte weiter und denke mir, soll sie die Nadeln selbst aufschlecken.
– Was ist los?, fragt DMW oben in der Wohnung.
– Die Argusgraf regt sich auf, dass die Fichte nadelt.
– Und?
– Ich hab ihr gesagt, schleck die Nadeln selbst auf, alte Kuh.

Am Heiligen Abend gedenkt der ORF den Opfern von BURN im Rahmen einer traxlmoderierten Sondersendung. Man hat noch kein Mittel gegen den Virus und die verrückt spielenden Neutrophile gefunden. Zum ersten Mal erlebe ich, dass die Menschen ratlos sind. Dabei sind wir laut DMW alle in Zeiten groß geworden, in denen man auf den Weltuntergang gefasst sein musste.

– Mit den Atomwaffen haben die nur geblufft, die wollten das Zeug ja gar nicht in echt zünden ..., wende ich ein.
– Damals war man sich unklar, ob sie nicht doch alles in die Luft jagen.
DMWs besorgtes Gesicht amüsiert mich. Ich bin in einem Jahrzehnt aufgewachsen, in dem alle der Meinung waren, es wird schon, es wird schon.
DMW schickt mich für ein paar Minuten ins Klo. Die ungeheizte Luft schmeckt nach Schnee. Ich befürchte, er wird mir diesen 2-Meter-Plüschleoparden schenken, bei dessen Anblick im Prater ich einen Begeisterungsschrei ausgestoßen habe. Hinterher hätte ich mich erwürgen können.

Unter dem mit Wunderkerzen verzierten Besenstiel steht ein Ding, eingewickelt in eine Schicht aus mattrotem Krepppapier. Es ist zu klein für den Plüschleoparden.
Ich reiße den Krepp weg. Noch bevor ich den Inhalt sehe, höre ich ihn. Er miaut.
Eine Katze bricht durch das Papier, springt über meinen Arm und rast wie ein Hürdenläufer durch das Zimmer.
Ich muss unglaublich lachen.
– Überleg dir, ob du sie willst. Wenn nicht, haben wir über die Feiertage eine Leihkatze.
– Wie heißt sie?
– Männlich. Er heißt Schmutz.

Im neuen Jahr, 2009, verschafft mir DMW einen Job bei *Moode und Styyle.* Der Chef lobt die *unglaubliche Frische* meiner Bilder, wovon eines Aufsehen erregt. Ein Model mit einem Papierzylinder am Kopf. Die anderen finden *die Aura* meiner Fotos außergewöhnlich.
Dabei ist das doch alles ein Witz.
Gut, ich perfektioniere die Technik, arbeite mit unterschiedli-

chen Belichtungszeiten und Blenden. Aber das meiste hatte ich schon vorher beherrscht. Bald deprimiert mich die Vorhersehbarkeit der Shootings.
Als ich den nächsten Auftrag ausschlage, formt der Chef einen Mund wie der von Edvard Munch.
– Angebot einer Agentur?
– Nein, die Models nerven, sage ich.
– Wir bei *Moode und Styyle* haben viele gute Fotografen, antwortet er verständnislos.
Ich nicke.
Er hat recht.

Alle Zeitungen bilden ununterbrochen die sonnengegerbte Fresse von Ulf Schneyder ab. Sie eignet sich ausgezeichnet für Covers, wie ja die Fressen der Rechtspopulisten überhaupt zur Vervielfältigung taugen. Nur der *Bunte Hund* spielt nicht mit. Er bleibt unverschämt, reißerisch und wenig berechenbar. Mit dem Erfolg von Schneyder und seiner FF geht die Auflage des Blattes runter, viele Leute lesen wieder *Kronen Zeitung*. Der *Bunte Hund* mit seinen 500.000 D-Schicht-Lesern wäre ein wie für Schneyder geschaffenes Organ, doch Kalb hat nichts übrig für die *Freie Front*.
Er favorisiert auch den Konzentrationsblock von Bendrosch nicht, im Gegenteil, seine Aufdeckungen führen zu einer der vielen Neuwahlen. *Der Niedergang des Herrn Fleischbhang und seine geheimen ISP-Gelder*, lautet eine Überschrift im Jänner 09. Mich beeindruckt diese Macht. Und vor allem gefallen mir die trashigen Fotos im Chronikteil. Was für eine Herausforderung, Schundfotos für ein Schundblatt zu machen!
DMW kennt den berüchtigten Redakteur Völkerball.
– Frag mich nicht, woher ich Völkerball kenne.
– Woher kennst du ihn?
– Und frag mich auch nicht, wieso er so heißt, setzt er hinzu.

DMWs Meinung ähnelt der von Tanja. Ich solle mich fernhalten von den Bluthunden.
Doch man kann das pragmatisch sehen.
Die Vergangenheit ist mir gleichgültig. Sieben Jahre zuvor war ein Flugzeug abgestürzt, und über die Leichen hatten sich meinetwegen Haifische hergemacht. Das gehörte zum Gebiet des Ertragens, jenem, auf dem ich Spitzenklasse bin.
Mit T-Shirt, kurzem Rock und Turnschuhen stelle ich mich bei Völkerball vor.
Neben der Fotomappe und meinen Chromosomen helfen mir einige aktuelle Ausgaben des *Bunten Hund*. Ich erkläre Völkerball, dass es sich um ein Krebsgeschwür unter den Käseblättern handelt, das seinen Verkaufserfolg einer kunstvollen Zusammenstellung der allerdeprimierendsten Qualitäten verdankt. Unsere persönlichen Meinungen decken sich.

Völkerballs bürgerlicher Name ist indiskutabel. In Österreich gibt es nur eine Frau, die einen vergleichbaren Namen durchgehalten hat, Vera Russwurm, die Ex-Tante von der *Coole Neunziger-Show* und jetzige Bundespräsidentin.
Die Geschichte über seinen Spitznamen hat mir DMW dann doch erzählt.
Vor über zehn Jahren wurde Völkerball aus der Redaktion von *Bild* geworfen, weil er einem Artikel die Überschrift *Serben spielen am Balkan Völkerball* verpasst hatte. Heute würde sich keiner die Unterhosen gelb machen wegen einer geschmacklosen Überschrift.

Ab Frühling 2009 arbeite ich für die bunteste Zeitung Österreichs. Die Anzahl der Aufträge nimmt ständig zu. Je länger ich den Job mache, umso deutlicher werden mir die Schattenseiten eines geregelten Jobs. Eines Jobs auf der Seite der Bluthunde. Aber das stört nicht. Schließlich hatte ich nie Intentionen, mich bei Amnesty International zu bewerben.

DMW sehe ich seltener. Manchmal ist er geistesabwesend. Einmal erweist er sich sogar als impotent, das kannte ich bisher nur von Schulbuben.
Nach einem Arbeitstag, an dem ich Altdosen-Schrebergärtenzwerge, ein Tersing-Studio auf der Mariahilfer Straße, die Ruinen des Donauturms und das Austro-Disney von Stronach auf den Film gebracht habe, falle ich nur mehr müde ins Bett.
– Du entwickelst dich fotografisch weiter, sagt DMW beim Durchblättern des *Bunten Hund.*
Ich bin der festen Überzeugung, dass diese Arbeit nur eine einzige Fähigkeit entwickelt: das Mobofahren.

Zwischen mir und DMW schleicht sich eine Unruhe ein. Zuerst denke ich, eine andere Frau sei im Spiel, von der ich eine Vorstellung habe: *Blond.*
In der Nacht starrt DMW manchmal auf die Gürtelhäuser gegenüber. Sein unergründlicher Blick ähnelt jenem von Schmutz. Seine Schuhbänder reißen auffällig oft. Er schüttet seine Tassen mit Nescafé um. Noch ist nichts passiert. Aber die oberste Schicht unseres Lebens geht an manchen Stellen aus dem Leim.
Eines Nachts erwache ich. Schmutz hat sich aufgerichtet, die Zunge zwischen den Lippen, und starrt DMW konzentriert an. Beide atmen im gleichen Rhythmus. Schmutz zuckt zusammen, als er mich bemerkt. Er fixiert meine Augen mit einem unruhigen Katzenblick. Als hätte er was zu verbergen.
Ich liege lange wach und denke über Joe Kant alias DMW nach. Eigentlich sind wir glücklich.

22

Passiert ist es im Mai 2009. Vor vierzehn Monaten. Ich sitze auf dem Küchensofa und lese den Roman, den mir Tanja geschenkt hat. Der Titel: *Olga Forever*. Es ist ein besonderes Buch, denn es hat mit mir zu tun. Olga arbeitet als Reporterin für *La Capital* in Mexiko-City. Nebenbei löst sie Kriminalfälle. Vielleicht klingt das eigenartig – aber die Mexikanerin ist mein direktester Draht zu Tanja, seit Adalbert in ihr Leben getreten ist und DMW in meines. DMW nähert sich mit umständlichen kleinen Schritten. Die Schritte passen gar nicht zu ihm.

Schmutz sitzt neben mir auf dem Küchensofa. Seine Mandelaugen sind ungetrübt wie Wasser in einem japanischen Bad.

Die Buchstaben verschwimmen vor meinen Augen. *Olga Forever* wiegt jetzt mindestens 50 Kilo.

Es ist einer dieser Todesmomente, wie damals, als ich begriffen hatte, dass meine Eltern nicht zurückkehren. SAG ES. Ich schiebe die zwei Wörter ins Bewusstsein von DMW. Auf der Vorderpfote von Schmutz landet eine Fliege. Er zuckt zusammen. Die Fliege bleibt sitzen. Ich wünsche mir, dass er miaut, doch er lässt kein Geräusch frei. SAG ES.

Das Gewicht von DMW drückt Schmutz und mich ein paar Zentimeter in die Höhe.

Es steht außer Zweifel, wer von uns drei sprechen wird. Denn ich bin erstarrt, und Schmutz ist eine Katze.

Am 23. März 2002 hatte sich eine ähnliche Szene entwickelt. Tanja und ich hatten vier Stunden lang die Wohnung geputzt. Die Eltern sollten vom Flughafen heimkommen.

Ich esse eine Mannerschnitte. Das Radio bringt Nachrichten. Eine Maschine der Lauda-Air sei vermisst.

Die nächsten drei Zehntelsekunden laufen in Zeitlupe ab.

Danach gibt es an der Verbindung der beiden Informationen *Lauda-Air* und *vermisst* nichts mehr zu rütteln. Sie schlagen einen Krater in meinen Kopf.
Die Entscheidung ist ohne meine Mitwirkung gefallen. Nun folgt eine endlose schmutzige Schleife, wie das Fließband für die Leerflaschen im Nanomarkt. Die Nachrichten reden weiter, reden im Kreis, ich begreife ihren Inhalt nicht mehr. Die Mannerschnitte klebt trocken auf meiner Zunge.
Alles geschieht irgendwann zum letzten Mal, flüstert mir das pessimistische Ich zu. Das hier ist die letzte Mannerschnitte meines Lebens.
Tränen kommen keine. Es fühlt sich an, als würden auch in jeder vorstellbaren Zukunft nie wieder Tränen kommen können.
Gleich werde ich Tanja aus dem Nebenzimmer holen. Sie wird es nicht wahrhaben wollen. Es sei ein Hörfehler gewesen, es habe sich bestimmt nicht um eine Lauda gehandelt, und wenn doch, dann um eine andere Lauda-Air-Maschine. Ich hasse die Ausflüchte bereits, bevor ich sie zum ersten Mal höre.
Meine Sohlen berühren den Boden, doch das Gleichgewicht, das eben noch mein eigenes war, scheine ich mir mit einem Fremden zu teilen. Ich kollidiere mit einem Sessel.
Ein schwankender Todesengel, der ich sein muss, schwebt ins Nebenzimmer zu Tanja, nach Geisterstadt.

Später schlage ich im Lexikon nach. Da ist nichts Außergewöhnliches an Tränen.
Es handelt sich um ein klares Sekret, das geringe Salz- und Eiweißmengen enthält. Durch Lidschlag wird es wie von einem Scheibenwischer über der Augenoberfläche verteilt. Gewöhnlich wird es durch zwei kleine Öffnungen in den sackartig erweiterten Tränen-Nasen-Gang aufgenommen. Beim Weinen ist dieser Abfluß überlastet oder blockiert. Deshalb laufen die Tränen über den unteren Lidrand ab.
Wir gehen also regelrecht über.

– Ich hab über uns beide nachgedacht, sagt DMW.
Genau diesen Satz habe ich erwartet. Trotzdem schmerzt er.
– Wenn Männer nachdenken, ist das Ergebnis meistens zum Heulen ..., antworte ich schwerfällig.
Unsere Blicke schneiden sich frühestens im Unendlichen. Er berührt meinen Unterarm. Ich ziehe ihn weg.
– Ich werde auch nicht jünger. Du solltest mit einem Gleichaltrigen ...
– Gleichaltrige sind immer so dumm.
Er legt die Hände auf meine Schläfen. Jetzt weiche ich nicht mehr aus.
– Nicht unbedingt. Zuerst einmal sind sie gleichaltrig. Ich werde eines Tages ein Greis, ich werde zur Last.
– Stimmt nicht. Du hast das gar nicht in dir, eine Last.
– Wir Menschen sind keine Filme, die jemand anderer belichtet. Wir müssen uns selbst entwickeln.
Wütend schweige ich ihn an. Soll er mir ruhig seine Phrasen um die Ohren schnalzen. Ich bin auf die blonde Konkurrentin vorbereitet.
Die Blonde existiert jedoch nicht.
Die Wirklichkeit ist schlimmer.
– Ein Fotograf braucht Visionen.
– Ich dachte, die Fotografie ist keine Kunst?
– Ach, Kunst ... die Seele oder wie du es nennen willst ist mit im Bild. Ich habe beschlossen, eine größere Reise zu machen.
Nach gemeinsamer Reise klingt diese *größere Reise* nicht. Ich leere das Bier in einem Zug hinunter.
– Ich sagte ja, ich werde alt. Wer am schnellsten läuft, kommt am spätesten an.

Abschied ist kein Unglück, sondern ein willkürlicher und brutaler Akt. Er erzeugt ein Brennen im Bauch, das eignet sich ideal als Studienobjekt auf dem Gebiet des Ertragens.

Ich kann diesen Romantiker, der mitten im alten Jahrtausend geboren wurde, nicht einmal überreden, mir regelmäßig Mails zu schreiben. In Honolulu, Managua und Medellín, sagt er, habe man nur Scherereien mit dem Internet.
Er wird mir alle vier Wochen eine Ansichtskarte schreiben.

Auf der Fahrt mit der Schnellbahn zum Flughafen Wien Schwechat, am 12. April 2009, wirkt DMW in seiner schwarzen Jacke äußerst zerbrechlich.
– Honolulu heizt schon den Kochtopf – feuere ich ihn an. – Die garen dich lebendig!
– Du redest wie ein Mitglied der FF!
Seine einziges Gepäckstück ist eine mickrige Umhängetasche. Er macht den Reißverschluß auf. Drinnen sind mehrere Kameras, Filme, zwei Paar Socken und ein Toilettezeug.
Er nimmt die Leica M6 in der Hand.
– Die M6 ist für dich.
– Das kann ich nicht annehmen!
– Doch. Mir zuliebe.

23

In den Nuller Jahren gehe ich das eine oder andere Mal mit Gleichaltrigen ins Bett. Keiner von ihnen betritt jedoch den Lerchenfelder Gürtel 304. Ein paar aufdringliche Jungen wollen über Völkerball an meine Nummer, aber der hält dicht.
Einmal schleppe ich einen *Extrawelt*-Redakteur in ein Hotel. Er nimmt mir ab, dass ich dort wohne.
Bei solchen Abenteuern mache ich mehrere Erfahrungen mit Impotenz. Es ist ein Rätsel, wieso Männer in ihren Zwanzigern unter permanenten Sexualstörungen leiden. Ich hole mir keinen über dreißig ins Bett. Ältere Männer kommen mir unglaublich alt vor. Ich sage mit gutem Gewissen, dass keiner meiner Liebhaber so jung ist wie DMW.

Immer öfter erscheinen Bilder von mir im *Bunten Hund*: Tsai-Nar-Masseusen, Hellseherinnen, Anti-Schneyder-Demonstranten, Tersing-Philosophen. Natürlich analog, denn ich verwende eine Menge Bilder aus meinem fast unendlichen Archiv.
Es ist ein enormes Kunstprojekt, ganz im Sinne von DMW: die Boulevardzeitung mit Infiltrierung von Kunst zu verarschen. Oder umgekehrt?
Die M6 räume ich in das oberste Fach eines Kastens in Geisterstadt, eingewickelt in einen Pyjama von DMW. Nicht einmal Schmutz, der jeden Quadratzentimeter für sich in Anspruch nimmt, erreicht den Ort.
Ich hasse es ohnehin, wenn er durch Geisterstadt schnüffelt. Die Geister sollen nicht auf meine Katze übergreifen.

Nach sechs Wochen liegt die erste Ansichtskarte im Postfach. Ein Foto einer grünen Zahnradbahn. *Wonderful view from the Mao*

Zedong Peak Tram. Running for more than a century, it has never had an accident – a comforting thought if you start to have doubts about the strength of the cable.

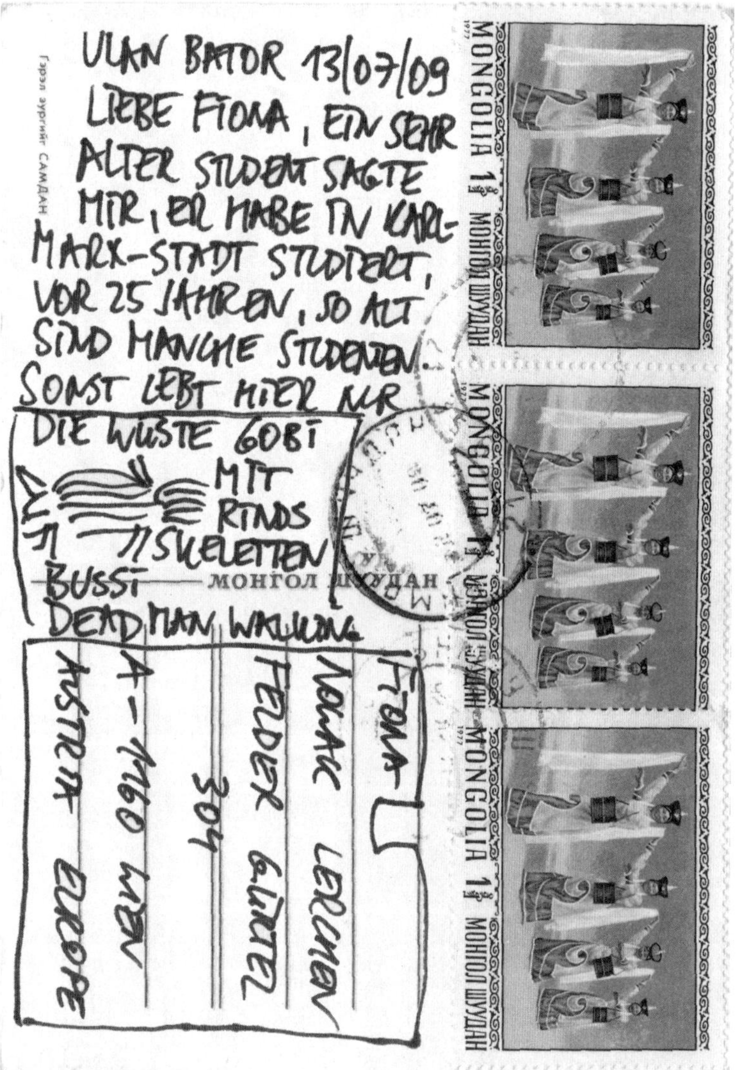
Гэрэл зургийг САМДАН

ULAN BATOR 13/07/09
LIEBE FIONA, EIN SEHR ALTER STUDENT SAGTE MIR, ER HABE IN KARL-MARX-STADT STUDIERT, VOR 25 JAHREN, SO ALT SIND MANCHE STUDENTEN. SONST LEBT HIER NUR DIE WÜSTE GOBI MIT RINDS SKELETTEN
BUSSI
DEAD MAN WALKING

МОНГОЛ ШУУДАН

FIONA
NOWAK LERCHEN
FELDER GÜRTEL
30/4
A-1160 WIEN
AUSTRIA EUROPE

1977 MONGOLIA 1₮ МОНГОЛ ШУУДАН
1977 MONGOLIA 1₮ МОНГОЛ ШУУДАН
1977 MONGOLIA 1₮ МОНГОЛ ШУУДАН

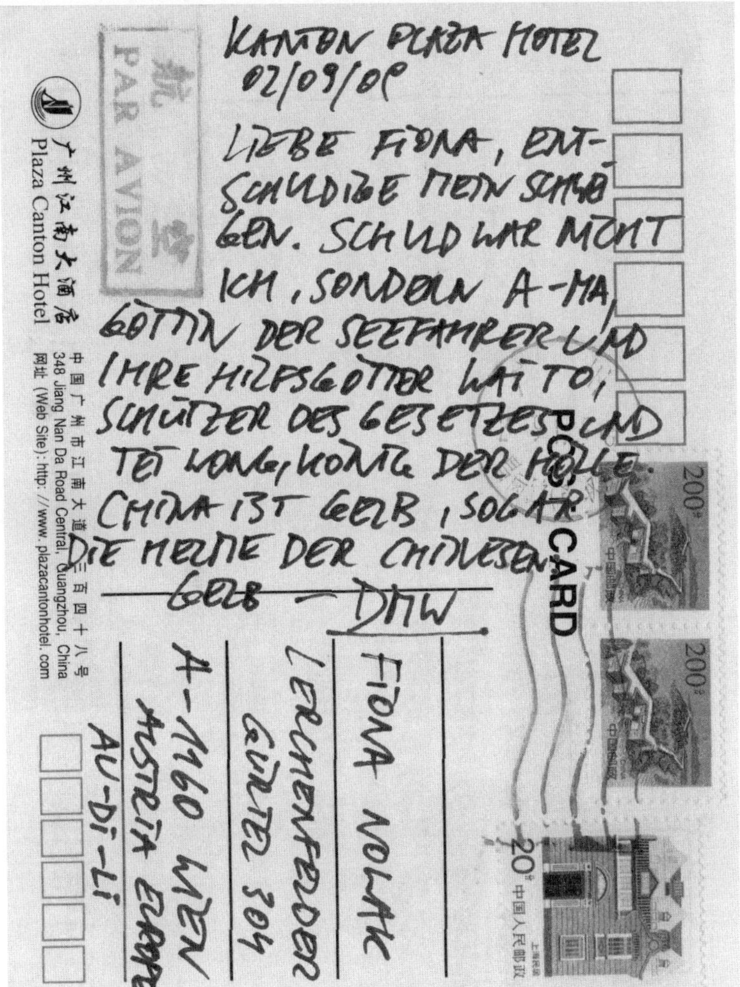
广州江南大酒店
Plaza Canton Hotel
中国广州市江南大道中三百四十八号
348 Jiang Nan Da Road Central, Guangzhou, China
网址 (Web Site): http: //www. plazacantonhotel. com

航空
PAR AVION

POSTCARD

KANTON PLAZA HOTEL
02/09/08

LIEBE FIONA, ENT-
SCHULDIGE MEIN SCHWEI-
GEN. SCHULD WAR NICHT
ICH, SONDERN A-MA,
GÖTTIN DER SEEFAHRER UND
IHRE HILFSGÖTTER WAI TO,
SCHÜTZER DES GESETZES UND
TEI WONG, KÖNIG DER HÖLLE.
CHINA IST GELB, SOGAR
DIE MEERE DER CHINESEN
GELB – DMW

FIONA NOWAK
LERCHENFELDER
GÜRTEL 304
A-1160 WIEN
AUSTRIA EUROPE
AU-DI-LI

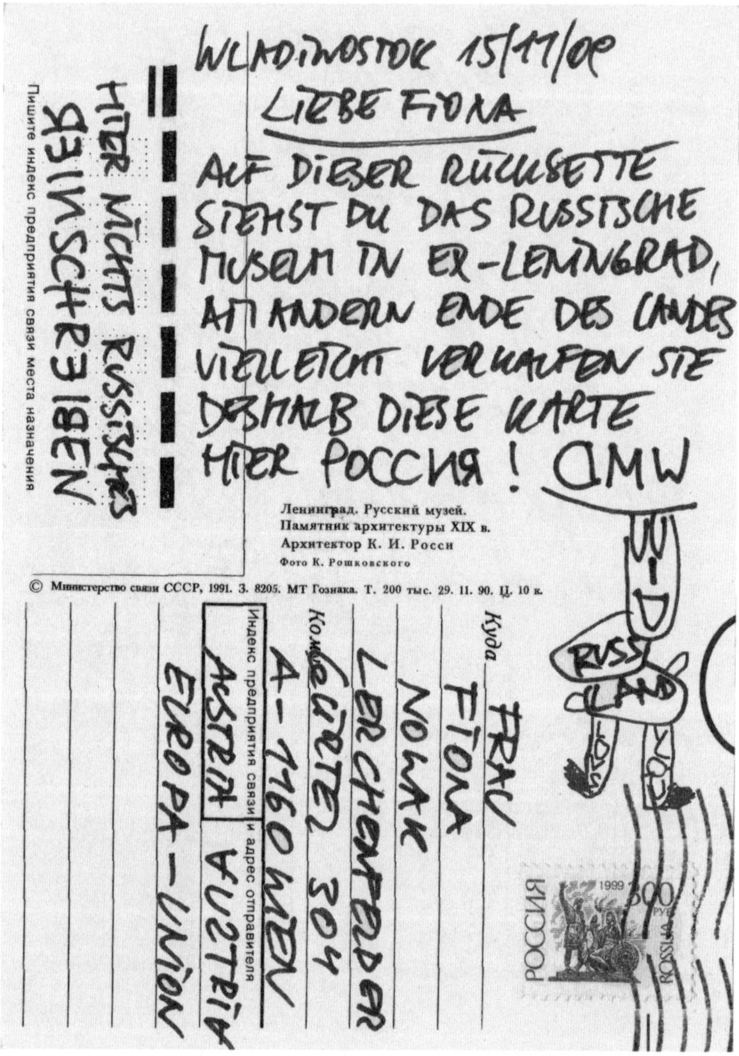
WLADIWOSTOK 15/11/02

LIEBE FIONA

AUF DIESER RÜCKSEITE SIEHST DU DAS RUSSISCHE MUSEUM IN EX-LENINGRAD, AM ANDERN ENDE DES LANDES VIELLEICHT VERKAUFEN SIE DESHALB DIESE KARTE HIER РОССИЯ! CMW

HIER NICHTS RUSSISCHES EINSCHREIBEN

Пишите индекс предприятия связи места назначения

Ленинград. Русский музей.
Памятник архитектуры XIX в.
Архитектор К. И. Росси
Фото К. Рошковского

© Министерство связи СССР, 1991. З. 8205. МТ Гознака. Т. 200 тыс. 29. 11. 90. Ц. 10 к.

Куда FRAU FIONA NOWAK

Кому LERCHENFELDER GÜRTEL 304

A-1160 WIEN

Индекс предприятия связи | AUSTRIA

и адрес отправителя AUSTRIA

EUROPA-UNION

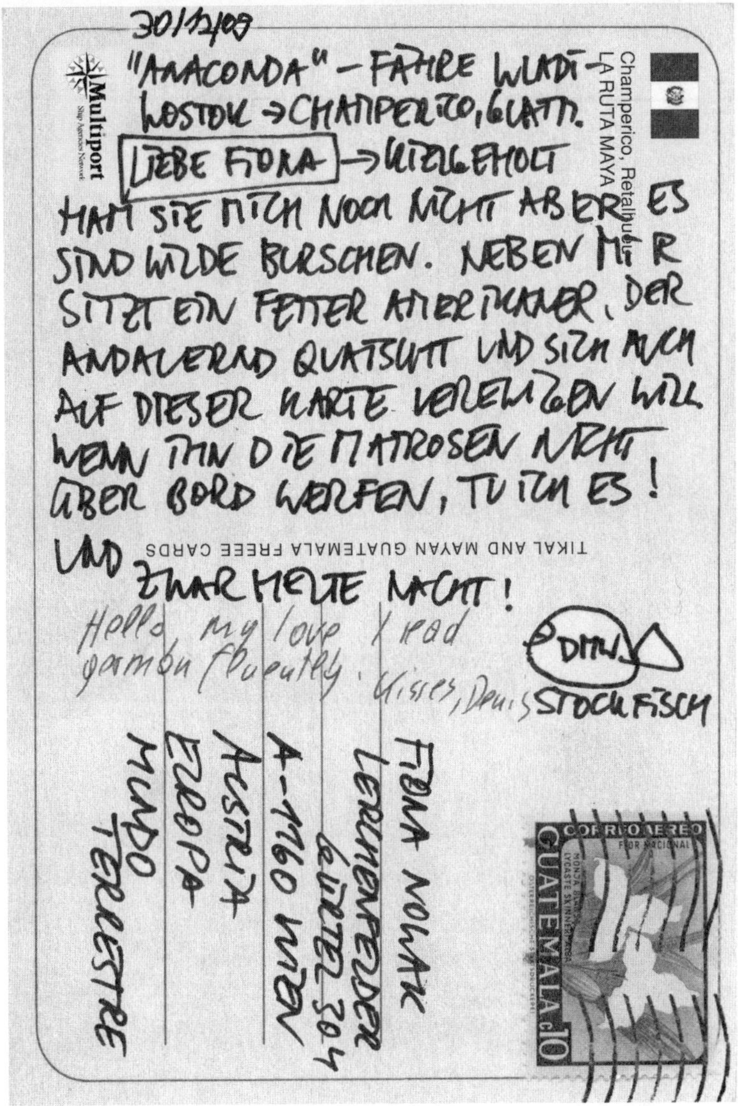
30/12/08

"ANACONDA" – FÄHRE WLADI-WOSTOK → CHAMPERICO, GUATM.

LIEBE FIONA → WIEDERHOLT HAM SIE MICH NOCH NICHT ABER ES SIND WILDE BURSCHEN. NEBEN MIR SITZT EIN FETTER AMERIKANER, DER ANDAUERND QUATSCHT UND SICH AUCH AUF DIESER KARTE VEREWIGEN WILL. WENN IHN DIE MATROSEN NICHT ÜBER BORD WERFEN, TU ICH ES! UND ZWAR HEUTE NACHT!

Hello my love I read german fluently. Kisses, Denis

DINU

STOCKFISCH

FIONA NOWAK
LERCHENFELDER GÜRTEL 304
A-1160 WIEN
AUSTRIA
EUROPA
MUNDO TERRESTRE

Champerico, Retalhuleu
LA RUTA MAYA

Multiport
Ship Agencies Network

TIKAL AND MAYAN GUATEMALA FREEE CARDS

CORREO AEREO
FLOR NACIONAL
GUATEMALA 10

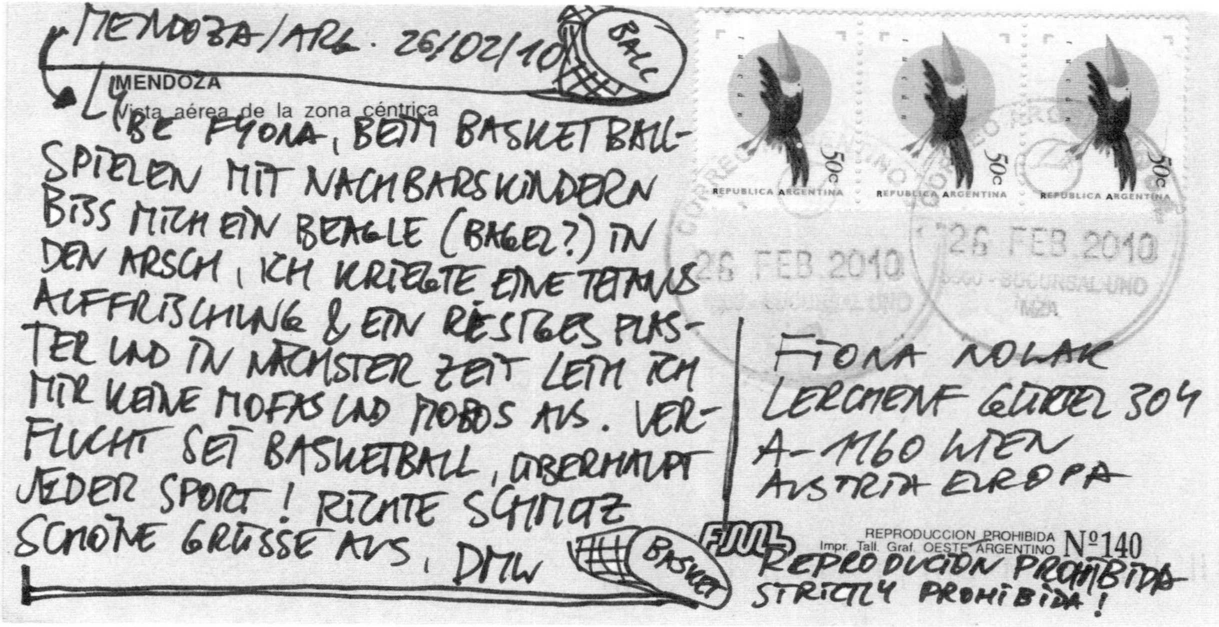
MENDOZA/ARG. 26/02/10

MENDOZA

Vista aérea de la zona céntrica

LIEBE FYONA, BEIM BASKETBALL-SPIELEN MIT NACHBARSKINDERN BISS MICH EIN BEAGLE (BAGEL?) IN DEN ARSCH, ICH KRIEGTE EINE TETANUS AUFFRISCHUNG & EIN RIESIGES PLASTER UND IN NÄCHSTER ZEIT LEIH ICH MIR KEINE MOFAS UND MOBOS AUS. VERFLUCHT SEI BASKETBALL, ÜBERHAUPT JEDER SPORT! RICHTE SCHMATZ

SCHÖNE GRÜSSE AUS. DMW

FIONA NOWAK
LERCHENF. GÜRTEL 30/4
A-1160 WIEN
AUSTRIA EUROPA

REPRODUCCION PROHIBIDA
Impr. Tall. Graf. OESTE ARGENTINO Nº140

REPRODUCION PROHIBIDA
STRICTLY PROHIBIDA!

SANTIAGO DE CHILE, 2.4.10
LIEBE FIONA, VIELE GRÜSSE
AUS DER STADT DER
ANTIALKOHOLISCHEN
KULTGETRÄNKE
BILZ UND PAP
ICH SCHNUPFE DAZU
SCHNUPFTABAK
UND BIN SEIT
GESTERN KEIN 59-JÄHRIGES,
SONDERN EIN 60-JÄHRIGES WRACK
NAMENS
DEAD
MAN
WALKING

SANTIAGO DE CHILE
Hermosa vista panorámica de la ciudad después de un día de lluvias. La Cord
se nos muestra aquí en todo su esplendor.
PANORAMIC VIEWS OF ANDES MOUNTAINS AND SANTIAGO CITY.

© HISPAPEL LTDA. FONOFAX: 341 1641 - STGO. CHILE

KAWON ANOIF
FIONA NOWAK
LERCHENFELDER GÜRTEL 30/4
A-1160 WIEN
AUSTRIA
ÖSTERREICH
EU RO PA

Reproducción Prohibida

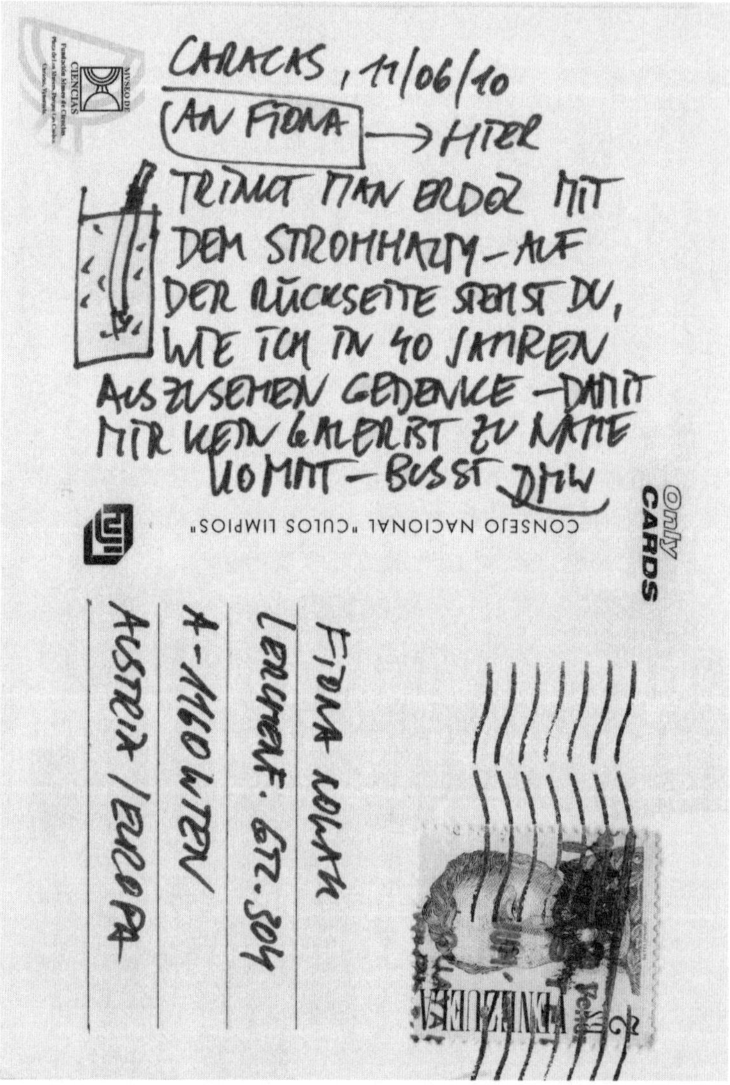
CARACAS, 11/06/10
AN FIONA → HIER
TRINKT MAN ERDÖL MIT
DEM STROHHALM – AUF
DER RÜCKSEITE SIEHST DU,
WIE ICH IN 40 JAHREN
AUSZUSEHEN GEDENKE – DAMIT
MIR KEIN GALERIST ZU NAHE
KOMMT – BUSSI DMW

FIONA KOWATR
LERCHENF. GTZ. 30/4
A-1160 WIEN
AUSTRIA / EUROPA

Den 4-Wochen-Rhythmus hält DMW keineswegs ein. An den Dosenbergen Edelkatz Canini könnte man die Tage seiner Abwesenheit zählen.

24

Gegen drei Uhr morgens platzt eine Wolke vom Volumen eines Hochalpensees. Das Wasser löscht den heißen Asphalt, die Temperatur sinkt von 29 °C auf 21 °C.
Bei Sonnenaufgang sind die Trümmer der Wolke bereits in die Kukuruzfelder Pannoniens gezogen. Die violetten Streifen verlieren sich im Osten. Am Rand der Straßen erinnern Teiche an die Millionen Schwimmbecken voll Wasser, die von der Kanalisation verschlungen wurden. Hunderte Exemplare der Gattung Rattus Norvegicus treiben mit der Sturmflut donauabwärts.
Die Autos unter den Fenstern des Lerchenfelder Gürtels 304 rollen wie beim Kegeln links und rechts an meinen Ohren vorbei. Plötzlich ein Crash, der mich aus der Matratze katapultiert.
Ich befinde mich noch immer neben der Infobase, in Reichweite sind die Abzüge und Negative der Schneyderorgie.
Ich schalte das Phony ein. Am Display *11 Neue Nachrichten.* Fünf davon sind Werbung, vier sind erwartungsvolles Rauschen, auf zwei fordert Völkerball einen Rückruf.
Mein Blick fällt auf den Caninikarton, in dem Schmutz liegt, und schlagartig ist mein Bauch heiß wie ein Wasserkocher. Weil die Leitung des Phonys nun offen ist, nützt die Eurovisionshymne die Gelegenheit und spielt los.
„Endlich bist du dran."
„Lass mich ausschlafen, Völkerball. Ruf morgen an."
„Heute IST morgen. Ausschlafen, das gefällt mir! Kalb scheißt mir oben drauf! Und dann verschmiert er die Scheiße über meinen Körper!"
„Schon gut." Mir schaudert bei der Schilderung von Kalbsscheiße. „Ich bring das Zeug, sobald ich wach bin."
„Das ist JETZT!"

Ich drücke den roten Knopf. Aber die Hymne geht sofort wieder los.
„Etwas Interessantes hab ich gehört von deinem Freund mit den schlechten Zähnen", sagt Völkerball, „Stichwort Teletubbies und Lassenhofen …"
„Teletubbies? Warum immer die verdammten Teletubbies?"
„Das weißt du selbst am besten. Und deshalb setzt du deinen Arsch auf das Mobo und bewegst ihn in den *Bunten Hund*!"
Diesmal ist er es, der das Gespräch abbricht. Gerade als ich auf Box schalten will, trompetet die Hymne zum dritten Mal.
„Spinnst du?", brülle ich hinein.
Kurzes Schweigen am anderen Ende. Die Stimme von Charlie: „Wird endlich klar, wie ernst ich das meine?"
„Woher hast du die Nummer?" Ich bemühe mich, gefasst zu klingen, aber nach meinem Ausbruch wirkt die Ruhe unglaubwürdig.
„Die Handynummer steht auf der Homepage des Schmuddelblattes, für das du arbeitest." Charlie, keine Ahnung von Technologie, gehört zu den Typen, die noch Handy sagen. „Also, weiß man Tanjas Adresse?"
„Schau nach auf ihrer Homepage."
„Man hat eine Frage gestellt! Dir ist deine Lage wohl nicht bewusst? Dein Chef weiß von der Sache mit Lassenhofen. Den Hinweis hab ich gegeben, aber euch Journalisten haben sie offenbar ins Hirn geschissen!"
„Charlie, du Arschloch, wer soll dich durchschauen, wenn du den Intellektuellen spielst? Du bist nichts als ein Stück Dreck!"
„Beherrsch dich, sonst hängst du auch am Luster."
Diesmal bin ich es, die die roten Taste betätigt. Ich schalte das Gerät auf Box und sinke auf die Matratze zurück.
Wenn ich bei Vernunft wäre, würde ich schleunigst in den *Bunten Hund* fahren. Aber das mit der Vernunft ist so eine Sache.

25

Jetzt reagiere ich wieder einmal anders. Wahrscheinlich, weil ich an die Vernunft gedacht habe. Die Vernunft und ich, wir haben seit den frühen Nuller Jahren ein gestörtes Verhältnis. Die Vernunft ist eine Tugend, gegen die ich allergisch bin.
Die Vernunft ist auch allergisch gegen mich.
In spätestens zwei Stunden steht Völkerball vor der Tür! Vom Lerchenfelder Gürtel 304 muss ich mich also fürs erste trennen. Aber ich kann Schmutz nicht einfach hinter mir verrotten lassen. Ich muss mir Zeit nehmen, um die Sache mit den fehlenden Tränen aufzuklären. Das bin ich meiner Katze und meinen Eltern schuldig.
Vor dem Verlassen der Wohnung klemme ich mir das Phony ans Ohr und wähle 133.
„Polizei Notruf."
„Einen Moment bitte."
Ich schärfe meine Sinne, damit mir nicht die geringste Regung entgeht, und betrete das Stiegenhaus.
Türkische Musik dröhnt durch die Stockwerke.
Vielleicht wartet da draußen jemand auf mich. Mir ist jetzt alles egal, ich riskiere.
Unter dem Arm habe ich den oben verschlossenen Caninikarton mit den Überresten von Schmutz geklemmt. Der Kadaver bedeckt das Kuvert mit den vier Abzügen und sämtlichen Negativen. Momentan gibt es kein besseres Versteck.
Diesmal scheint das Stiegenhaus charliefrei zu sein. Auch von den Nachbarn traut sich keiner an die Oberfläche.
„Polizei Notruf, was kann ich für Sie tun?", der Mann von 133 wird ungeduldig.
„Tut mir leid, falsch verbunden."

Beängstigend leicht ist der Caninikarton.
Aus der Türritze der Argusgraf drängt ein absurder Bratengeruch. Als ich vorbei bin, streckt sie doch ihren Schnabel über die Sicherheitskette.
„Was hams da in der Kiste?“
Mir wird bewusst, dass der Schwanz von Schmutz heraussteht. Ich stopfe ihn zurück.
„Alte Plüschtiere.“
„Riecht komisch“, sagt die Argusgraf, obwohl es natürlich gar nicht riecht.
„Das einzige, was hier komisch riecht, ist Ihr beschissener Braten“, presse ich zwischen den Zähnen hervor.
Auch draußen ist Charlie nicht zu sehen. Nur flimmernde Hitze. Vom Osten her donnert eine Eisensonne nieder.
Ich rufe Völkerball an und werfe ihm hin, dass ich erst in zwei Stunden zum *Bunten Hund* fahre. Er steht unter Strom und schimpft wie ein Künstler:
„Du ahnst gar nicht, wie tief wir dir den Arsch aufreißen!“
Das ist unhöflich, deshalb drücke ich die rote Taste. Dann sende ich ein lakonisches SMS: *Plattform Wolkenspange 15:00 Völkerball Komm Alleine.*

Es dauert eine Weile, bis Ignaz in Pyjama und Tigerpatschen die Wohnungstür öffnet. Er hält als Waffe einen Regenschirm in der Hand. Sein Gesichtsausdruck ähnelt dem von Scotty auf meinem zweckentfremdeten T-Shirt. Aber auch ich, mit dem Caninikarton, bin nicht gerade ein ernsthafter Anblick.
Er legt sich gleich zurück ins Bett, breitet trotz der Hitze eine Tuchent über sich und starrt auf seinen Monitor. Das Kreischen der Queenies übertönt das Geratter vom Gürtel.
„Darf ich das Fenster schließen?“ Ich arbeite mich durch Zeitungsstapel, Haushaltsgeräte und Pizzaschachteln, zwischen denen der Caninikarton gar nicht auffällt. „Bist du bereit?“

„Am liebsten", gähnt er, „hätte ich eine Wurst. Kannst du mir Käsekrainer machen? Im Kühlschrank sind welche."
Manche Leute werfen vier Stück Mogadon ein und andere zählen Heideschnucken, Ignaz genehmigt sich stattdessen ein Paar Käsekrainer – aber jetzt nicht, jetzt darf er mir auf keinen Fall wegschlafen.
„Du hast gestern versprochen, mir etwas zu erklären."
Die Queenies sind zu Ende, Biene Maya erscheint am Bildschirm. Es regnet, Maya möchte trotzdem fliegen, ihre Flügel werden feucht, sie stürzt in eine Pfütze.
„Oft beunruhigt mich die Wurstmeditation", sagt Ignaz. „Das quälende Bewusstsein, dass sich da drüben Wurst befindet! Es fühlt sich an, als würde sie in der Küche *leben.*"
„Es gibt nichts, was toter ist als Wurst", unterbreche ich ihn und unterdrücke den Brechreiz, den ich plötzlich bekommen habe. Schmutz ist toter als Wurst, oder zumindest gleich tot. Und wiederkehrendes Kotzen ist überhaupt keine angemessene Reaktion. Aber ich schaffe einfach keine bessere.
Die Therapeuten würden es vielleicht so erklären: *Seit dem Absturz der Karajan ist Fiona Nowak außerstande, Schicksalsschläge mit ihrem Leben zu verbinden. Besonders bei Todesfällen verliert sie regelmäßig den Kontakt zu ihrer Gefühlswelt.*
Und sie hätten recht.
Selbst der Glaube an den Inhalt des Caninikartons fällt mir schwer. Genauso gut könnte gar nichts drin sein, kein Schmutz, keine Fotos.
In meiner Gefühlswelt bleibt der Caninikarton leer.
„Manchmal stößt die Wurst in der Küche in meinem Kopf an die Schmerzgrenze", fährt Ignaz fort, „daraufhin hole ich mir Käsekrainer ins Bett, mit süßem Mautner-Markhof. Mit der Radio-Fernbedienung schalte ich Ö3 ein, du weißt schon, diese Songs, die einem das Gehirn verpicken. Wann immer es geht, setze ich beim Refrain den Topos *Wurst* ein. *Wurst operator, Wuuuurst*

operator!, oder *Wurst und Orangen am Nil, ich bin dein Wurst-Krokodil* und so weiter. Ich schwebe in einem Wurstuniversum. Für einen kurzen Augenblick bin ich überzeugt, dass es auf der Erde hoffentlich nichts anderes gibt als Wurst."
Der Caninikarton in meinem Kopf ist taub wie das Kribbeln eines eingeschlafenen Arms.
Biene Maya wird aus ihrer Pfütze gerettet und versteht die Welt nicht mehr. Und ich beginne langsam, am Geisteszustand von Ignaz zu zweifeln.
„Ein bisschen Wirklichkeit würde uns weiterhelfen", sage ich trocken, als wäre ich Spezialistin für Wirklichkeiten, „was hat Charlie genau gefordert?"
„Wenig, aber das wenige war deutlich", seufzt Ignaz. „Wem du es heute nicht recht machst, der erscheint morgen wieder, das hat …"
„… meine Mutter gesagt? Heute IST morgen. Bist du sicher, dass wir nicht die Polizei holen sollten?"
„Ganz sicher." Er blickt mir direkt in die Augen. „Aber du hast was auf dem Herzen, das sehe ich doch. Charlie war oben bei dir, nicht wahr?"
„Bei mir geht es momentan drunter und drüber." Jeder Therapeut würde mir eine psychische Blockade von der Größe eines Tennisballs konstatieren – aber wenn Ignaz schon so dicht dran ist, gebe ich ihm gleich einen Hinweis. „Gestern habe ich Ulf Schneyder fotografiert. Er war splitternackt."
„Was willst du damit sagen!?"
„Schneyders Sperma hat gespritzt. Ich habe hochbrisante Pornofotos geschossen, Ignaz."
Seine Pupillen werden groß:
„Wie du sicher weißt, meine Liebe, sind wir nicht die richtige Stelle für hochbrisante Fotos. Normale Fotos gut, perverse Fotos besser, wir führen sogar eine Galerie von Extremlaunen der Natur. Aber hochbrisante Pornofotos … Politpornos … Wie soll

ich sagen? Da hinken wir nach. An diesem Zustand möchten wir nichts ändern."

Er ist ernst geworden. Über seine Stirn rinnen Schweißperlen. Auch Biene Maya ist im Stress. Aus schwer nachvollziehbaren Gründen hat sie ihre Regenlektion nicht gelernt und wird zum zweiten Mal reanimiert.

„Wie soll das gehen?", fragt Ignaz. „Ich nehme nicht an, dass du mit dem Oppositionsführer vögelst?"

„Im Gegenteil. Der findet Frauen wahrscheinlich nicht so gut. In einer Sauna habe ich durch eine getarnte Öffnung fotografiert. Ulf Schneyder, Lebesmühlbacher, ein paar junge Bodybuilder. Sekt, Sperma, ganz das Klischee."

„Du hast die Fotos hoffentlich", er blickt auf den Caninikarton, „schon los?"

„So gut wie!"

Biene Maya schwört wieder, niemals mehr in den Regen zu fliegen, Ignaz nimmt die Fernbedienung und Maya wird in ein graues Loch gesaugt.

„Pass nur auf", röchelt Ignaz mit närrischer Verzweiflung, „die heben dich aus den Schuhen."

„So schlimm wird es nicht. Ich bringe die Fotos in Sicherheit und überlege mir in Ruhe, ob der *Bunte Hund* das richtige Medium ist."

„Was heißt das richtige Medium? Der *Bunte Hund* ist der Auftraggeber, der macht dich fertig, wenn du solche Fotos nicht abgibst."

Das ist ein pragmatischer Blickwinkel, allerdings Resultat eines eingeschränkten Informationsstands.

Ich kann ihm ja nicht gut sagen, dass ich die Schneyderfotos als eine Art Lebensversicherung für nahestehende Freunde bei mir behalten werde, solange die Teletubbies-Sache zwischen Völkerball, Charlie und mir in der Luft liegt. Ignaz würde dieses Engagement gar nicht sinnvoll finden.

„Ist schon gut", sage ich. „Ich löse das. Aber was den Besuch von Charlie betrifft, habe ich einen Verdacht. Der hat mit den Teletubbies zu tun. Und mit dem Ort Lassenhofen in Niederösterreich."

„Richtig. Im Kasten dort vorne, unterste Schublade links."

In einem roten Ordner sind zwei Zeitungsausschnitte archiviert. Der eine Artikel aus dem Niederösterreich-Anzeiger vom 30. Mai 1998, der andere, von einem Autor namens Martin Kwa, erschienen in der *Extrawelt* im Mai 08.

Ich fische die zwei Dosen aus meinem Plastiksackerl. Eine stelle ich ihm auf den Bauch.

Während ich vorlese, liegt Ignaz im Bett.

Von Zeit zu Zeit löschen wir die Hitze mit Bier.

Niederösterreich-Anzeiger, 30.5.1998

Teletubbies in Lassenhofen

Skurriler Bankraub mit Videokameras

Zwei maskierte Bankräuber überfielen gestern Vormittag eine Sparkasse in Lassenhofen. Sie flüchteten mit 950.000 Schilling Beute. Die Täter hatten sich eine Ausweichfiliale ohne Überwachungskamera ausgesucht – und Glück gehabt. Denn was sie vermutlich nicht wußten: Seit dem Vortag war eine größere Geldsumme gelagert. Das Besondere dabei: Die geschickten, aber extravaganten Täter filmten ihren eigenen Überfall mit einer Videokamera!

Po, Laa Laa, Dipsy und Tinky Winky. Wer kennt die Teletubbies nicht? Die vor allem bei Vorschulkindern beliebten britischen TV-Figuren („Winke, winke!") dringen auch in das verschlafene Örtchen Lassenhofen vor. Allerdings anders als erwartet.

10.05 Uhr. Ein weißer VW-Golf hält vor der Sparkasse. Die beiden Insassen stürmen, als „Tinky Winky" verkleidet, die Bank, in der sich zu dieser Zeit kein Kunde befindet. Auf Bauchhöhe, dort, wo die außerirdischen Lieblinge ihren Bildschirm haben, sind Videokameras angebracht.

Mit einem Klappmesser bedroht ein Täter die 29-jährige Schalterbeamtin Elisabeth Schenk. Sein Komplize springt inzwischen über den Kassentisch und schichtet die Geldpäckchen in eine Tasche. Elisabeth Schenk wird während der gesamten Aktion daran gehindert, den Alarm auszulösen. „Ich dachte zuerst an einen Scherz, aber obwohl die Täter gepflegtes Deutsch sprachen, hatte ich Todesangst." Schenk tut das einzig richtige: Sobald sie allein ist, alarmiert sie die Gendarmerie. „Die Verkleidung war unfassbar, ich kenne die Teletubbies ja aus dem Fernsehen. Auch die an den Bauch montierte Videokamera schüchterte ein." Mit 950.000 Schilling Beute flüchten die Täter in ihrem VW-Golf.

Der 43-jährige Filialleiter Hubert Schenk (nicht mit der Kassierin verwandt) steht gerade im 1. Stock des Bankhauses am Fenster: „Ich sah die Teletubbies mit der Beute zum Wagen laufen." Beide waren etwa 1,70m, der eine eher bullig, der andere zierlicher. „Ausgerechnet am Vorabend bekamen wir einen Geldtransport herein", jammert Filialleiter Schenk, „der für Melk bestimmt war. Wir haben sonst in der Ausweichfiliale nie solche Summen lagernd."

„Dieser Fall geht über einen normalen Bankraub hinaus", meint Werner Brank vom Sicherheitsbüro Niederösterreich, „weil die Täter ja gezielt provozierten." Was sie mit ihrer aufwendigen Aktion vermitteln wollten, konnte auch Brank nicht beantworten. „Wir werden noch von ihnen hören", gibt sich der psychologisch geschulte Beamte zuversichtlich.

Gegen 11 Uhr wurde das mutmaßliche Fluchtauto bei Melk an der Donau gesehen – unterwegs in Richtung Wien. Erste Ermittlungen konzentrierten sich auf das Wiener Künstler- und Studentenmilieu.

Personen, die zur betreffenden Uhrzeit die beiden Täter (mit oder ohne Teletubbies-Verkleidung) sahen, oder denen im Bereich Lassenhofen ein weißer VW-Golf aufgefallen ist, werden gebeten, sich beim Sicherheitsbüro zu melden. Hinweise: Tel. 8678080-0 – Gruppe Fiala.

Extrawelt, Mai 2008

Ein Dorf namens „Probealarm“

10. Jahrestag des niederösterreichischen „Teletubbies“-Überfalls – Eine Reportage aus Lassenhofen/NÖ

(Von Martin Kwa)

Berühmte Bankräuber-Pärchen? Den meisten Österreichern fallen an erster Stelle Bonnie Parker und Clyde Barrow ein. Dicht gefolgt von unseren Teletubbies. Das heißt, Teletubbies sind ja eigentlich geschlechtslos. Doch schon am Tag nach dem legendären Überfall stand fest, dass es sich um einen Mann und eine Frau gehandelt haben muss.
Vor genau zehn Jahren fand der zehntgrößte und vielleicht spektakulärste Bankraub der österreichischen Nachkriegsgeschichte statt. Als violettblaue „Tinky Winkys“ verkleidet, erregte ein (heute nicht mehr ganz so) junges Pärchen die Gemüter und sorgte einige Tage lang für Gelächter und Sympathie.

Lassenhofen/NÖ ist ein Kaff. Eine abgenutzte Häuserreihe, in der Mitte ein Rathaus. Von der Hauptstraße her nicht einsehbar, schwabbelt ein Löschteich mit Badeverbot vor sich hin. Lassenhofen besitzt nicht einmal eine Freiwillige Feuerwehr. Bei Bränden wird in der Feuerwache des nächstgelegenen Ortes beraten, ob man überhaupt ausrücken soll. Wäre es nicht logisch, in aller Ruhe abzuwarten, bis das Nachbardorf niedergebrannt ist? Die dortigen Freiwilligen bezeichnen Lassenhofen in seiner Gesamtheit als „Probealarm“.
Lassenhofener Einwohner erinnern sich nur mürrisch an den Teletubbies-Überfall. „Waren das die Deppen mit den Masken? Na, heutzutage würdens als Queenie auftreten“, ist Roland P., Pensionist, zu entlocken. Am Stammtisch will kein Stolz über die einzige Erwähnung Lassenhofens in den Weltnachrichten aufkommen. „Künstler warns, des wissen wir“, sagt Fritz L., KFZ-Mechaniker, „und bracht hats nix außer Gerede.“

Österreichische Sparkasse Lassenhofen, 29. Mai 1998, 10 Uhr. Die Teletubbies stürmen die Bank, halten die 29-jährige Kassierin in Schach, flüchten mit 950.000 Schilling Beute. Bei Melk verliert sich ihre Spur. Ein minutiös geplanter Coup: Die Täter wussten, dass die Ausweichstelle der Filiale Lassenhofen keine Alarmleitung hatte und warteten eine größere Geldlieferung ab. Über zwei Cams, die sie dort befestigt hatten, wo die Original-Teletubbies ihre „Bildschirme“ tragen – also am Bauch – filmten sie ihr persönliches Video und stellten es anschließend ins Internet. Bankraub als Bildende Kunst. Das Video wurde zum Kult-Slapstick, trotz intensiver Ermittlungen wurden die Täter nie gefasst.
Zehn Jahre später bleibt nur zu hoffen, dass die Spaßvögel ihre Banknoten ausgegeben haben. Immerhin handelte es sich um gute alte Schillingscheine! Aber ich schätze, wir müssen uns um die raffinierten Teletubbies keine Sorgen machen.

Die Teletubbies sind unter uns. Sie könnten im Großraumbüro an der Infobase Ihnen gegenüber sitzen, oder beim Toolshop vor Ihnen stehen – oder es ist das Pärchen am Nebentisch im Café Museum, das miteinander flüstert.
Zum zehnten Jahrestag einen besonders schönen Gruß an die Tinky Winkys! Schneidet diesen Artikel aus und klebt ihn ins Familienalbum. Aber Vorsicht, gut verstecken: Banküberfälle verjähren erst nach zwanzig Jahren!

26

„Ihr wart die Teletubbies?“, frage ich und lege die Zeitung weg.
Ignaz bläst die Backen auf.
„Ich BIN ein Teletubby.“

27

Ich kann mich dunkel an den Banküberfall erinnern, aber ich war damals neun und die Teletubbies waren für mich der allerkindischste Stumpfsinn.

„Die Teletubbies", erklärt Ignaz, „das ist sowas wie die Queenies."

„Wer war Kind in den Neunzigern? Du oder ich?"

„Vermutlich wir beide. Oder besser wir drei. Weil eine kindische Aktion war es schon! Am Anfang hatte es was Aufregendes, stell dir vor, bei jeder öffentlichen Party spielen sie das Video vom Überfall. Und Millionen Internet-Zugriffe in einer Woche. Aber irgendwann war es nur noch belastend. Zu streiten begannen wir ebenfalls."

„Über die 950.000 Schilling?"

„Die waren schnell weg." Er redet sich in Schwung. „Wir haben viel in das Internet-Projekt gesteckt. Und mindestens 950.000 Kilo Nahrungsmittel hab ich verfressen. Ich fraß alles bis zu den Tischplatten. Ich wurde zum fresssüchtigsten Wiener, noch eine Kategorie fresssüchtiger als Hermes Phettberg. Das Ergebnis liegt vor dir. Tanja interessierte sich überhaupt nicht für das Geld. Sie wollte eher den Ruhm. Für sie war es hart, die Sache niemandem erzählen zu dürfen."

Ich ziehe das Polaroid aus der Geldbörse:

„Einer scheint einen Beweis zu haben."

Beim Betrachten des Polaroids schrumpft die Begeisterung im Gesicht von Ignaz.

„Warum hat Charlie mir das nicht gezeigt, gestern abend?"

„Bei Polaroids gibt es nur einen Abzug." Charlies Kontakt mit dem *Bunten Hund* verschweige ich, sonst bricht mir Ignaz zusammen. „Er gab mir das und verlangte Tanjas Adresse. Aber

ich wollte sie möglichst von ihm fernhalten … Du willst ja Tanja auch nicht anrufen."
„Ich hab meine Meinung geändert. Gib mir das Phony."
„Lass mich machen."
Ich wähle Tanjas Nummer. Sie meldet sich sofort.
„Ignaz hat eine Bank überfallen", konfrontiere ich sie gleich mit dem Hauptthema.
„Woher hast du den Blödsinn?" Tanja lacht auf. „Dazu ist er viel zu fett."
Ich fasse meinen Wissensstand zusammen:
„Die Teletubbies aus Lassenhofen – im Jahr 1998 – Tanja und Ignaz."
Es ist einer dieser Sätze, die sogar per Phonyübertragung ein Echo erzeugen. Die Schallwellen sickern allmählich in die Möbel und Teppiche, in die Bücher auf den Regalen, in Tanjas Körper.
Sie setzt zwei Mal an, dann hat sie die Antwort gefunden.
„Okay. Von mir aus. Gut."
„Ich stehe neben Ignaz."
„Warum sagst du das nicht gleich? Gib ihn mir!!"
Ich übergebe das Phony.
„Grüß dich, Tanja", sagt Ignaz. „Du hörst, unangenehme Nachrichten. Ja, hab ich Fiona erzählt, ging nicht anders. Fiona hält mir ein Foto hin, auf den man unseren Freund Charlie sieht, neben ihm ein Tinky Winky, und zwar die Hülle mit dem Schnitt auf der Seite. Dieser berühmte Riss, den man auf dem Video sieht. Und weißt du, worauf Charlies Hintern sitzt? *Auf der grünen Couch.* Wenn man davon ausgeht, dass er es nicht in der Gegend herumschleppt, könnten wir eigentlich hinfahren, und uns den Tinky Winky holen. Genau, richtig. Werde ich tun. Ja, ich geb sie dir."
„Fiona?" Die Stimme von Tanja am anderen Ende der Leitung überschlägt sich fast und ich bete für den mit mir blutsver-

wandten Fötus. „Also ist Charlie wiedergekommen und hat dir dieses Foto …“

„… an die Tür gesteckt, ja.“

Das ist jetzt eine neue Version, aber ich bin sehr vorsichtig, weil Ignaz nichts vom Charliebesuch im Sexshop erzählt hat.

In dieser erweiterten Familie erzählt keiner etwas. Alle geben nur das Nötigste zu. Das ist das Resultat, wenn Flugzeuge vom Himmel stürzen und man dafür keine Worte findet.

Wenn man einmal keine Worte findet, dann gehen sie einem irgendwann überhaupt aus.

Ich erzähle ja auch nichts von Schmutz im Caninikarton.

„Pass auf, Fiona. Ignaz und ich, wir erledigen etwas, das dauert ein paar Stunden, weil dieser Ort ein Stück entfernt ist. Am Abend treffen wir uns. Unterdessen hältst du dich von Charlie fern. Geh auf keinen Fall in den Lerchenfelder Gürtel zurück! Schlag die Zeit tot. Ich schicke dir ein SMS, sobald wir näheres wissen.“

Ignaz hat unterdessen sein Bett verlassen, das Satinhemd aus- und ein normales Hemd angezogen. Diese Entschlossenheit kenne ich an ihm gar nicht.

Wir nehmen den extravorsichtigen Weg über den Innenhof, und verlassen das Nebenhaus einzeln. Ignaz beschwört mich noch einmal, die Schneyderfotos zu überbringen. Dann hüpft er in ein Taxi.

Auf Zehenspitzen trage ich den Caninikarton zum Mobo und befestige ihn dort. Obwohl Charlie gestern versprochen hat, ich würde keinen Schritt ohne ihn machen, ist keine Bedrohung in Sicht.

Das Mobo und ich, wir rattern über den verstopften Gürtel. Die U6 erträgt die Helligkeit nicht, holt Luft und taucht auf Höhe Koppstraße in den Tunnel.

Links und rechts der Fahrbahn stehen Hausklötze, in deren Innenhöfen herzkranke Tauben das Leben herausschwitzen und Argusweiber ihre Brösel aus den Fenstern flocken.
An der Oberfläche ist die Menschenwelt adrett und wohlerzogen. Eine Schicht darunter herrscht Nacktheit und Feuchtigkeit in den Ritzen der Hinterbacken und der Gebäude.
Der Westbahnhof entfaltet seine weiß glitzernden Parkplätze, und das Mobo sucht sich einen aus.
Zuerst kaufe ich einen *Bunten Hund* und zwei Bierdosen. Dann folge ich den blauen Pfeilen zu den Gepäckfächern.
Die Fächer verströmen einen Geruch nach Rostschutzlack. Zwei € für 24 Stunden. Ich schiebe das Kuvert bis zur Rückwand und werfe die Münzen ein. Eigentlich wollte ich den Caninikarton dazu stellen, aber irgendwie haben die Schneyderfotos und der Schmutzkadaver verdammt wenig miteinander zu schaffen. Vielleicht ist es gut, wenn Schmutz bei mir bleibt. Vielleicht begreife ich mit seiner Hilfe den Mechanismus des Ertragens.
Die Eisentür des Fachs fällt zu. Als weiße Zunge streckt sich mir eine digitale Schlüsselkarte entgegen.

28

Für einen Treffpunkt unter Menschen eignet sich die *Wolkenspange*, der Gürtelübergang mit Shopping-Meile, hervorragend. Graphiker in wasabifarbenen Anzügen strömen vorbei, aber auch Web-Application-Designer, die in der Lugner-City ihre Tools kaufen. Und gelb gebleichte Eierköpfe auf dem Weg zur Bibliothek. Ein paar Jungen balgen sich um CDs, Mädchen mit mainstreamigen Tersings tragen Zarasackerl spazieren, Schulkinder tauschen Crocodiles und Queenies oder berühren mit feuchten Lippen probeweise die öffentlichen Monitore, um sich Elektroschocks zu verpassen.

Aus den Lautsprechern sickert der popularisierte Verschnitt einer Cabnummer.

Eine junge Frau hat Tränen in den Augen, sie kommt wahrscheinlich vom Haarstudio. Dabei sieht ihre Frisur großartig aus. Es hätte keinen Sinn, ihr das zu sagen. Mit meinen Stoppeln am Schädel wäre ich kein schönes Vorbild.

In der Mitte der Plattform stelle ich den Caninikarton auf dem Geländer ab. Von hier oben ist der Gürtel eine ferne, stille Autobahn.

Der Gedanke an Ulf Schneyder lässt mich nicht los. Welche Summe würde er für die Bilder locker machen? 10.000 €? 100.000 €? Würde er in Bedrängnis einen Mord anordnen? Eine Ahnung sagt mir, dass der Politiker der Zehner Jahre effizientere Methoden hat als Mordaufträge. Welche genau, das ist mir allerdings unklar.

Es wurmt mich, dass ich so tief im Privatleben eines so widerlichen Zeitgenossen stecke.

Ich erinnere mich an ein paar Geschichten, bei denen Kalb sich an den Fotografen abgeputzt hat. Es ist immer das gleiche.

Irgendjemand macht die Dreckarbeit, weil er zufällig am falschen Ort ist, oder weil er als einziger in einen Belüftungsschacht passt. Und die Helden aus der Tropfsteinhöhle sacken ein. Sie sprechen von fetten Prämien, um davon abzulenken, dass das einzig Fette in der Angelegenheit ihr eigener Hinterteil ist.

Dann kommt er.

Völkerballs bläuliche Backen werden im gegenüberliegenden Glastunnel per Rolltreppe nach oben transportiert. Seine Beine sind unsichtbar, wodurch der Eindruck eines Torsos erweckt wird, der sich in Schneckentempo aufwärts bewegt. Er scheint alleine zu sein, kein Kalb, kein Frankenstein.

Von meiner Warte aus ist es, als würde der Hamsterkopf auf einem Tablett serviert. In meinem Bauch brutzelt die Wut.

„Du spinnst“, ruft er beim Näherkommen. „Sag jetzt nicht, die Fotos sind misslungen oder jemand hat sie dir abgeluchst. Wieso erscheinst du verdammt nicht in der Redaktion? Gib sie her.“

„Völkerball! Die Fotos hab ich nicht dabei, ist doch klar. Für wie hinüber hältst du mich?“

Er zieht die Hand zurück.

„Der *Bunte Hund* geht über Leichen!“, setze ich nach. „Welche Sicherheit gibst du mir?“

„Ich dir, Sicherheit? Schlimmstenfalls erhältst du eine neue Identität von Kalb.“

„Einen solchen Schwachsinn habe ich überhaupt noch nie gehört! Du glaubst wohl, Kalb ist Gott? Eine neue Identität?! Der kennt nicht einmal meine alte!“

Wenn Völkerball von der Schlüsselkarte in meiner Geldbörse wüsste, dann würde er mir vermutlich vor allen Passanten die Jeans vom Leib reißen.

„Ich verstehe überhaupt nicht, was bei dir schiefläuft. Wir tun alle unser bestes, um Schneyder zu stürzen, wir helfen zusammen, wir riskieren“, Völkerballs Gequatsche ist absurd, weil vor

allem ich riskiert habe, „und du – gerade du – ausgerechnet du machst Probleme. Wenn du diese Idioten von der FF erpressen möchtest, da würde ich aufpassen ...“
„Findest du das“, frage ich, obwohl mir diese Art von Moral stinkegal ist, „findest du das in Ordnung, einen Politiker wegen seinem Geschlechtsleben zu diffamieren?“
„Ah, daher weht der Wind. Skrupel, oder was? Deshalb ist dieses Golatschengesicht ja obenauf. Weil seine Gegner die blödesten Skrupel entwickeln. Ihr werdet euch alle anschauen, wenn der Typ Kanzler wird. Und da gibt es noch was, Fiona. In diesem Spiel hast du keine Bedeutung“, Völkerballs Stimme ist auf einmal leise, „und schlechte Karten. Schneyder hat von der Sache Wind gekriegt.“
„Diesen Bluff kannst du dir sparen.“ Trotz der Menge von vielleicht 300 Menschen fühle ich mich nicht unbehaglich. „Ich hab von dir keine Garantien.“
„Garantien?? Hab denn ich von dir Garantien?“ Der innere Hamster ist aufgeblasen, demnächst zerplatzt Völkerball als Gesamtkunstwerk. „Du machst deinen Teil, ich meinen. Wie bei jedem Auftrag. Die hetzen dir alle Hunde der Welt auf den Hals. Du verstrickst dich tief. Also her damit.“
„Kann ich gar nicht. Die Negative sind an einem sicheren Ort. In einem Internet-Café wurde eine Mailprogrammierung vorgenommen“, ärgerlich, dass mir diese Wendung erst in letzter Minute einfällt, „wenn ich die bis morgen früh 06:00 nicht deaktiviere, geht ein Scan mit einem Nacktfoto von Ulf Schneyder an zehn Zeitungsredaktionen. Automatisch.“
„Willst du um Geld pokern? Deine Schwester war da deutlich geschickter. Übrigens drucken wir morgen die Teletubbies-Story.“
„Tolle Idee. Gib mir 950.000“, ich komme immer besser in Form, „aber nicht Schilling, sondern €. Ich melde mich noch. Und Vorsicht! Wenn mir jemand vom *Bunten Hund* in den nächsten

Stunden in die Quere gerät, dann ist deine Exklusivsache am Meeresgrund. Du kriegst den nackten Schneyder, aber erst, wenn meine Sicherheit garantiert ist. Und die garantiere ich selbst. Also: keine Intervention bis Donnerstag 06:00."

Ich packe den Caninikarton. Aber ich habe nicht mit der Hamstergeschwindigkeit gerechnet. Völkerball hält mich am Arm fest, und zwar so geschickt, dass sein Zugriff für die Umstehenden ganz logisch ist.

„Glaubst du, das sind die Fotos?", rufe ich.

Jetzt schauen doch ein paar Leute her. Ich öffne den Deckel des Kartons. Völkerball steckt den Hamsterschädel rein.

Hamster und Katz vertragen sich nicht.

Der Anblick schleudert Völkerball ins Weltall.

Als er Luft aufschnappt, sind ich und der Karton schon drei Meter entfernt. Sein letzter Satz kommt von weit her:

„Dein Job ist weg!"

Und ich fabriziere einen klassischen Abgang, quer durch die Menge, die mich verschluckt.

29

Mir reichts. Ich muss raus.
Vor allem möchte ich die Sturmwellen in meinem Gehirn flach kriegen, die stoßen nämlich wie in einem Aquarium gegen die Wände. Ich hatte vorher nicht geahnt, wie schwungvoll dieses Gehirn in Bedrängnis arbeitet. Mein Auftritt auf der Wolkenspange war genial, aber riskant.
Den gleichen Wortlaut, das mit der Mailprogrammierung, hätte ich Völkerball am Telefon mitteilen können.
Im Straßennetz läuft alles nach Wunsch. Keiner scheint hinter mir her zu sein. Mein Fahrstil ist in den letzten Tagen effektiver geworden, der Verkehr fließt, störende Ampeln gibt es überhaupt keine mehr.
Einige Passanten sind von der Hitze derart geschwächt, dass sie im weichen Asphalt steckenbleiben. Vor allem Kinder. Der eine oder andere Vater ist heute von seinem Nachwuchs gelöchert worden.
– Gell, Papa, der Wiener Asphalt taugt was?
– Wien hat Silber gewonnen. Ein großer Tag für deine Vaterstadt, mein Sohn.
Obwohl der Asphaltbewerb als Nebendisziplin gilt, wurde die Silbermedaille bei den Olympischen Spielen für Stadtplanung und Straßenbau (Kopenhagen 2007) fast wie der Champions-League-Sieg von Rapid gefeiert. Man konnte das alles im *Bunten Hund* nachlesen. Gold ging an Aberdeen (der schottische Ingenieur MacAdam hatte eine Mischformel namens Asphalt-Makadam erfunden), Bronze an Braunschweig (natürliche Vorkommnisse des sogenannten Stampf-Asphalts).
Auf der Höhenstraße gebe ich Vollgas. Das Mobo hüpft unter meinem Hintern, die Tachonadel vibriert zwischen 60 und 70.

Oben beim gelben Mobilfriedensturm nehme ich Dampf weg und rolle aus. Die Nadel zittert, bleibt jedoch auch im Stand hartnäckig auf 60. So eine Scheiße! Meinen Fluch hätte ich nachträglich gerne zurückgenommen. Ich hätte dem Mobo lieber eine Bierdose anbieten sollen.
Mein Kontakt zur Vergangenheit ist wieder einmal verloren gegangen, und deshalb habe ich eine unrealistisch gute Laune. Ich setze mich auf die Wiese, in den Schatten, ein paar hundert Meter entfernt vom Trubel der Aussichtsplattform, und biete mir selbst eine Dose Bier an.
Die Luft ist glasklar. Ein Liebespaar steckt einander die Zungen ins Gesicht. Es sieht aus, als ob der Junge das Mädchen auffressen wollte. Es sieht aus, als würde sie sich gerne auffressen lassen. Sie akzeptiert, dass Männer so sind. Sie kennt alle potentiellen Verhaltensweisen. Männer können stark und biegsam sein, freundlich, feucht, gierig. Sie geben gerne Befehle. Sie schlafen und singen und werden verrückt. Manchmal versteht man sie nicht ganz. An anderen Tagen versteht man sie ausgezeichnet, aber wer kann sie stoppen? Bei Männern kommt es einem immer vor, als ob ihr Blut zu nahe an der Oberfläche der Haut fließt. Manchmal rinnt dieses Blut nach außen. Ganz innen haben sie 37 °C.
Das Liebespaar hat fertig geküsst. Mein Bier ist warm geworden. Neben einer Turnhalle voll Werbung hat das Phony ein SMS von Tanja empfangen. *Aktion dauert länger als geplant.* Keine besonders exakte Auskunft, weil ich ja nicht weiß, für welchen Zeitraum ihre Aktion geplant war. Jedenfalls habe ich massenhaft Zeit zum Totschlagen.
Eine Botschaft von Völkerball ist auch da. *Fühl dich nicht zu sicher*, sagt er, *am Ende kriegen wir die Fotos.*
Fragt sich nur, wie er das anstellen will.
Meine Ellbogen berühren das trockene, raue Gras. Ich lasse das Phony weiterhin ausgeschaltet, lehne mich zurück und lege die

Wange auf den Caninikarton. In meinem Kopf knackt und brodelt es, Zahnräder greifen ineinander. Vielleicht strömen Katzenkadaver esoterische Kräfte aus.

Die Vorstellung, dass Schmutz eine Etage unter mir mit aufgeschnittener Kehle liegt, ist sehr unrealistisch. Ich vergleiche den Tod einer Katze mit dem Tod beider Eltern. Welches Gewicht soll ich den unterschiedlichen Toden zuordnen? An Sonnentagen wie heute, wenn die Erinnerung grellweiß ist, wiegen alle drei Tode nur ganz wenig.

Ich selbst wiege ebenfalls wenig, höchstens zehn Kilo plus ein paar halbe Schweinsbraten. Der Küchenchef in der Kantine des Mobilfriedensturms könnte mich jederzeit servieren, mit Petersilie und Katzenfleisch. Ich würde es kaum registrieren. Glückliche Familien würden warmes Dosenbier zu einer Mahlzeit trinken, die ich wäre. Als Nachtisch würden die Ober trockene Mannerschnitten anschleppen.

Der Tod einer Katze ist ähnlich dem Tod von zwei Eltern ein nächster logischer Schritt. Irgendwann tritt er ein.

Der Tod ist eingetreten.

Und kein Jammern! Im umgekehrten Fall wäre man selbst von der Bühne ab. Das Hauptproblem besteht für mich in der richtigen Dosierung der Trauer, genauer gesagt suche ich eine Balance zwischen Horror und frischer Luft.

All die Männer auf dieser Wiese werden sterben, und alle Frauen auch. Alles Lebendige wird von dieser großen, allumfassenden Klospülung fortgerissen. Alle Katzen fressen eines Tags ihr letztes Edelkatz Canini.

Und alle Eltern sind Maschinen, die mit fliegenden Fahnen ihrem Tod entgegen rattern. Die eigenen Eltern, alle anderen Eltern.

Und alle Kinder.

Der Pessimismus dieser Todesgedanken manövriert mich in die eine Denkrichtung, mit der ich mich möglichst spät befassen

möchte: Warum ich hier bin, warum Schmutz unter meinem Kopf liegt, warum ich nicht längst abgetaucht bin und die Fotos ins Netz gestellt habe. Warum ich die Mailprogrammierung, von der ich groß geredet habe, nicht endlich verwirkliche.
Und wie das alles weitergehen soll.
Nicht nur die Männer sind Geschöpfe mit rotem Saft, der wenige Millimeter unter der Haut fließt.
Riecht es hier nach Blut? Erste Anzeichen der Verwesung?
Kein übler Geruch. Er macht Lust auf Leben, er dämpft ungesunde Gedanken und erzeugt Appetit auf eine handfeste Welt. Auf eine, wie sie zum Beispiel von einer Boulevardzeitung jeden Tag neu heraufbeschworen wird.
Um mich von dieser Lehrstunde in angewandtem Pessimismus abzulenken, blättere ich durch die bunteste Zeitung Österreichs. Der Fall des mysteriösen Ablebens des 43-jährigen Ostösterreichers wird sparsamer als gestern „aufgedeckt“. Recht schmal ist der Artikel, also ist der Kerl wohl doch nicht an BURN gestorben. Unter dem Titel *Hitzestau im Freibad* starrt mich das Bikini-Model vom Krapfenwaldlbad an. Schwer blaustichig, im Prinzip darf ein solcher Schnitzer beim Druck nicht passieren.
Mein Horoskop verheißt Ärger: *Auch wenn sich Ihr Kummer am Höhepunkt befindet (Venus wandert in ein brisantes Quadrat), ist beileibe noch nicht alles ausgestanden. Mit einer positiveren Einstellung würde vieles besser gehen. Alle Hoffnungen, die in Sie gesetzt werden, treten Sie mit den Füßen. Haben Sie noch nie etwas von Loyalität und Treue gehört? Nehmen Sie sich am Schopf. Riskieren Sie endlich!*
Der Dampf aus dem Caninikarton schläfert mich ein, die Sonne zündet meine Jeans an, ich erkenne DMW, er reißt seinen Mund auf, um mir etwas zu sagen, ich verstehe nicht, was er meint –

Als ich aufwache, versinkt alles in einer orangefarbenen Suppe. Der Mobilfriedensturm glüht. Als Abziehbild klebt die Sonne

über der Westhälfte der Stadt. Weit unten reflektieren die Fenster des AKH das Licht. Dazwischen schneidet die Trasse der U6 schwarz durch die Häuserfronten.
Ich male mir aus, was sich dort unten abspielt.
Das Zischen von Stahl auf den Schienen, das Kollidieren tausender Plastiksackerl, das wilde Gehupe und Gekeife mit einem einzigen Ziel: nach Hause zu kommen.
Der Mensch verspricht sich Vorteile, wenn er regelmäßig an den gleichen Ort zurückkehrt.
Alles ist normal.

Riskieren Sie endlich! Na, das können sie haben. Doch vorher stellt sich ein anderes Problem. Benzinanzeige und Tachometer zeigen zwar auf Maximum, das Mobo springt aber nicht an. Ich probiere ohne Erfolg den E-Starter.
Dann bitte ich einen Mann um Hilfe.
Das können die anderen Männer nicht mit ansehen: Sie strömen zusammen, wie bei der Robbenfütterung in Schönbrunn. Sie bilden einen fachkundigen Kreis. Sie starren mir auf die Brüste. Sie sind hilfsbereit und harmlos. Gut, dass man ihre geheimen Gedanken nicht kennt.
Mein Hinterteil klebt auf dem Caninikarton. Ich werfe den Männern auf Schülerinnenart halb interessierte Blicke zu. Ich kann heute nichts tun für sie.
Die Mehrheit einigt sich, dass es sich um ein Problem der Zündkerze handelt. Sie putzen sie. Weiterhin keine Antwort aus dem Motor. Ein Mopedfahrer spendet mit Hilfe eines Schlauchs sogar ein Krügerl Benzin. Trotzdem rührt sich das Mobo nicht.
Die nächste Tankstelle, sagen sie im Chor, sei unten in Döbling. Zwei oder drei von ihnen wollen beim Abschleppen des Mobos helfen, aber da reiße ich mich los.
Den Helm lege ich hinten auf den Caninikarton.

Das Bergabrollen ohne Motorengeräusch ist wie Fahrradfahren auf einem übergewichtigen Walross. Der Wind rauscht. Es ist ein angenehmes Gefühl, der Wind auf der Glatze.
Riskieren Sie endlich!
Ich weiß, was ich tun werde. Ein einziges Fotos genügt. Einen der Abzüge werde ich mir schnappen und ihn in das nächste Internet-Café bringen. Der Corn vom *Falter* wird sich über die Post freuen. Einen nackten Ulf Schneyder. Nur einen einzigen, einen einzigen kleinen nackten Schneyder. Den wird der Corn bewältigen. Er ist zweifellos der bessere Adressat als Völkerball. Und der *Falter* ist das bessere Blatt für eine Sensationsreportage über den Sex des Ulf Schneyder. Falls der *Falter* sich traut. Falls sie an die Authentizität glauben. Eine linke Zeitung wird ordentlich Beuschelreißen kriegen bei dieser Angelegenheit.
Außerdem ist ein Fach am Westbahnhof die geeignete Ruhestätte für Schmutz.
Die Tankstelle in Döbling ist geschlossen.
Ich stelle das Mobo vor den Eingang ab, sperre den Helm dran, nehme den Caninikarton, warte auf den Bus, irgendein 37A oder 38A, und denke mit Mitleid an die Männer, die mit Vergnügen Zündkerzen auswechseln.
Alle Männer helfen so gerne.

In der Halle des Westbahnhofs beschäftigen sich einige Eckensteher mit Kaugummis, die sich schätzungsweise seit den Achtziger Jahren in ihrer Mundhöhle befinden. Ein knallroter *Kronen-Zeitung*-Verkäufer bewacht die Glastüren, Sandler streifen über den blau-weißen Mosaikboden. Dazwischen irren Passagiere wie Puppen an Schnüren umher.
Aus den Gepäcksfächern bläst leimige Luft.
Behutsam hole ich zwei €-Münzen aus meiner Geldbörse. Die digitale Schlüsselkarte von den Schneyderfotos bleibt drinnen. Zuerst möchte ich Schmutz und seinen Caninikarton begraben.

Ich fühle mich ziemlich sicher, die Öffentlichkeit ist mein bester Schutz.
Das neue Fach öffnet sich. Ich schiebe den Sarg hinein.
Jemand torkelt auf mich zu, aber Hunden und besoffenen Sandlern zeigt man keine Angst. Ich mache einen Schritt auf die Seite, da krampft sich eine verkrüppelte Hand um meine Schulter.
Es ist Frankenstein. Er stemmt sich gegen mich.
Ich fasse es nicht: Wie hat mich der gefunden? Und wenn schon, wieso wagt er, mich anzugreifen?
„Du Arsch, wenn ihr mich nicht in Ruhe lasst … Ich hab doch zu Völkerball gesagt, dass …"
Jetzt packt mich ein zweiter Kerl brutal von hinten. Meine Fersen donnern an die Schienbeine meiner Gegner. Es wird wirklich brenzlig. Jemand hält mir den Mund zu, ich beiße mit voller Kraft in die Hand.
Erst als die Faust knapp vor meinem Gesicht auftaucht, bemerke ich, dass ich mich hätte ducken müssen. Der Treffer klingt wie der Drehverschluss einer Trinkjoghurtflasche beim Öffnen. Aber es ist kein Drehverschluss, sondern meine Nase.
Und als Echo das Scheppern der Kästchentüren im Innersten meines schwarzen Gehirns.

Ich sitze am Hosenboden auf den blau-weißen Mosaiken. Meine Nase fühlt sich an wie mit Uhu an die Wange gepickt.
Es stinkt nach dem Gas aus einem silbernen Refill-Lighter.
„Gehts?"
Diese Stimme beschwört einen diffusen Ärger herauf. Neben mir hockt Charlie.
„Was tust *du* hier?", frage ich.
„Man ist dein Schatten." Mit der Ferse zerdrückt er eine Marlboro. „Man hat ja gesagt, du machst keinen Schritt ohne mich. Du hattest Glück. Dieser Typ hätte dich aus den Schuhen gehoben. Die Securityleute haben ihn fort geschafft und dir ein Glas Wasser dagelassen."

Diesmal stimmt absolut nichts zusammen. Keines der Fächer steht offen, der Caninikarton ist auch nicht zu sehen.
Ich stürze das Wasser in einem Zug hinunter.
„Na, schmeckts? Ehrlich gesagt, ich und dieser Franky, wir haben gemeinsam gelauert. Aber dann hat er die Nerven verloren. Oder besser, ich hab ihm ein Schnippchen geschlagen."
„Wo ist der Karton?"
„Ach, die letzte Ruhestätte? Du bist schon ein schräges Mädchen." Charlies Mundwinkel zeigen zur Hölle. „Der Mann von der Gepäcksaufbewahrung wird sich freuen."
Auf einmal steht ein uniformierter Security-Mann vor uns.
„Wird die Rettung benötigt?", fragt er.
„Geht schon", antwortet Charlie statt mir und rollt mit seinen Augen. „Die Nase tut ihr halt weh."
Schlagartig wird mir klar, was sein Augenrollen bedeutet. Charlie hält das Kuvert mit den Abzügen und Negativen in der Hand und winkt mir damit zu. Er muss meine Taschen durchsucht und die Schlüsselkarte gefunden haben.
Seine Geste ist offensichtlich eine Drohung.
„Im Bahnhofsrevier können Sie eine Anzeige erstatten", sagt der Security, „die Gfraster werden immer mehr. Naja, Schneyder wird das Ungeziefer ausräuchern, ab nächster Woche … Die junge Dame wieder einsatzbereit?"
„Klar einsatzbereit." Charlie grinst. „Zum Glück war ich dabei."
Der Security-Mann entfernt sich. Charlie steckt das Kuvert ein.
Ich sage kein Wort.
Mein Schädel grollt immer noch wie die Pummerin.
„Kannst du aufstehen?", fragt er.
Meine Füße sind zwei Kilometer entfernt. Von meinem Magen steigt ein trübes Gefühl nach oben.
„Du musst", sagt Charlie, „nur bis zum Taxi."
Da wird mir schwarz vor den Augen.

30

Jemand fasst mich unter den Achseln. Ich will verdammt nicht in diesen Mercedes. Die Autoklinke klappt weg, ich stolpere in einen Geruch nach Leder und Schweiß.
Wie soll ich nur den Taxifahrer alarmieren, wenn ich nicht einmal den Mund aufkriege? Aus seiner Sicht bin ich ein Mädchen unter Drogen, dem jemand die Nase eingedroschen hat.
Ich komme mir vor wie nach zehn Irrealos und zwei Bulldrinks.
Zum Teufel!
Das Wasser, das ich getrunken habe!
Charlie tätschelt meinen Oberschenkel. Sein Arm ist zerkratzt: die Krallen von Schmutz. Und auf seinem Handrücken die Spuren meiner Zahnreihe.
„Wollens nicht doch zum Krankenhaus?“, fragt der Fahrer. „Wir wären in der Nähe vom AKH.“
„Der fehlt nix. Auf die Goschen ist sie halt gehaut worden ein bisserl“, sagt Charlie und bläst mir Marlbororauch ins Gesicht.
Danach spricht keiner ein Wort.
Ein Schleier aus Lichtpunkten wölbt sich über meinem Kopf. Wasserblasen zerplatzen an den Oberleitungen einer Ubahn. Das dreckig beleuchtete Dach über dem Urban-Loritz-Platz hebt sich und fliegt davon. Eine Ampel springt auf gelb. Hellrot schwebt eine Tramway vorbei. Wieso krachen wir nicht zusammen? Wie aus einem Wasserhahn fließt aus dem Körper einer toten Katze Blut in eine Badewanne.
Die Augen von Schmutz liegen wie Nüsse in den Höhlen.
Es sind die Augen von Charlie: Er blickt mich gierig an, ich werde schreien, ich will schreien, warum kommt kein Ton –

Das Stiegenhaus dreht sich. Der Boden ist ein Meer aus Kugeln. Meine Beine sind unendlich dünn, die Nase zu dick. Jemand zieht mich hoch und versetzt mir einen Schubs.
Mein Schädel kracht gegen das Gitter.
„Die Rettung!", höre ich die Stimme der Argusgraf, „sollen wir die Rettung holen?"
Frau Argusgraf, helfen Sie mir!
Keinen Ton bringe ich hervor. In meinem Bauch ist nicht genügend Luft. Die anderen reden umso eindringlicher. Ins Spital? Nein, geht. Besoffen. Unglaublich, die jungen Leute! Bringe sie ins Bett. Schande, die Jugend! Wird sich erholen.
Charlie fährt mir ungeniert in die Hosentasche. Das Klirren meines Schlüsselbunds.
Ich muss fort, meine Wangen sind heiß, ich muss schlafen, das Wichtigste ist, dass ich schlafen –

Das Festnetztelefon sprudelt, dieses Sprudeln endet nicht und endet nicht. In meinem Gehirn wird ein Ballon aufgepumpt. Mein Rücken lehnt an Matratzenstoff. Bei jeder Bewegung wackelt die Kulisse. Meine Nase ist eine Plastikkuppel.
Ich kriege die Augen nicht auf.
„Schmutz soll drangehen!", rufe ich, „aber Schmutz ist nicht zu erreichen!"
Das Sprudeln verstummt. Dafür klingelt die Türglocke.
Noch einmal die Türglocke, ungeduldig.
Einen Moment denke ich an Tanja und Ignaz: Sie sind mit dem Tinky Winky fertig und retten mich. Selbst Völkerball wäre eine Art Rettung, verglichen mit diesem Irren.
Erneut die Türglocke.
Dann ein Kreischen. Irgendwo schlachtet jemand einen Affen. Oder ein Horrorfilm läuft in voller Lautstärke.

Gorillamensch?
Das ist kein Affe, das ist das Kreischen der Argusgraf! Sie schimpft und wimmert, statt mir ein kaltes Handtuch zu verschaffen. Fragt sich nur, wo ich mich befinde. Hoffentlich nicht in ihrer Wohnung.
In meinen Kopf wird ständig Sauerstoff gepumpt.
Ein Knall.
Der Ballon im Kopf ist geplatzt.
Danach herrscht Stille. Langsam strömt wieder Sauerstoff in den Ballon, der bläst sich auf, wird doppelt so dick.
Ein Duschvorhang schiebt sich in mein Gesichtsfeld.

DONNERSTAG 8. Juli 2010

Möglicherweise beginnt das Aufwachen mit dem Flügelschlag einer Gelse. Karierte Muster wischen über den Plafond, das orangegelbe Licht einer Ampel, blinkende Wirbel und Spiralen. Mein Zimmer am Lerchenfelder Gürtel. Ein Körper bildet sich aus der Finsternis. Ich bin nackt.
Neben mir im Bett rasselt ein Atem.
Ein Körper, eine Riesenkröte an meiner Seite, sie lebt! Sie berührt mich! Mein Fuß ist merkwürdig taub. Etwas klemmt. Verdammt, der Knöchel ist ans untere Bettende gefesselt. Das andere Bein ist frei, darüber das Bein von Charlie.
Behutsam ziehe ich mein Bein weg. Das von Charlie rutscht ab.

Ich zerre an der Fessel, die nur tiefer einschneidet. Es ist eine Schnur, ein Kabel, das abgeschnittene Kabel des Festnetzapparats.
Sein Brustkorb geht hoch und nieder.
Auf dem Nachtkästchen zeigt der Plastikwecker 02:50. Daneben liegt ein Kugelschreiber. Ich kann ihm doch keinen Bic-Kuli in den Bauch stoßen!
Die Lampe wäre der einzig harte Gegenstand. Aber man kriegt sie nicht los, das Kabel ist zu kurz.
Charlies Atem beschleunigt.
Da bemerke ich das Buch: *Olga Forever*. Zum Glück ein Hardcover. Meine Fingerspitzen berühren es. Selbst wenn ich Charlie voreilig aufwecke, es ist eine Chance. Das Ergreifen des Buchs und das Losschlagen müssen eine einzige Bewegung sein.
„Hab ich dich!"
Seine kräftigen Arme packen mich. Charlie zerrt mich nach hinten, bis mir wie in einer Pythonspirale die Luft ausgeht.
Er hält mich in seiner Umklammerung und beginnt, mir seinen Quallenmund auf den Hals zu pressen, auf die Schultern … seinen feuerspeienden Rachen.
Weil ich wie gelähmt still halte, lockert er seinen Griff und tatscht mir mit einer Hand auf die Brüste. Ich nehme meine Kraft zusammen, reiße mich los – eine halbe Drehung – und schmettere ihm *Olga Forever* auf die Rübe.
Trotzdem zu schwach.
Umso stärker Charlies Antwort. Er donnert mir die Faust ins Gesicht. Der Schmerz reißt mich nach unten.

Die Lampe am Nachtkästchen brennt. Er sitzt auf einem Sessel. *Auf dem Sessel von Schmutz*. Sein Oberkörper ist bedeckt, aber

unten hängt der Schwanz zwischen den Oberschenkeln. Vorhaut besitzt er keine, wahrscheinlich entfernen sie einem dieses unhygienische Relikt im Knast routinemäßig.
Mit einem Handtuch tupft er gegen die Wunde auf seiner Stirn. Sonst hat sich wenig verändert. *Olga Forever* außer Reichweite, das Phony nicht zu sehen, mein Fuß hängt am Kabel fest.
Mein Kopf ist angeschwollen. Er schmerzt, als würde das Gehirn durch die Schädelknochen drängen.
„Du steckst fest, glatzerte Ratte."
Allem Anschein nach hat er überhaupt keinen Plan. Er öffnet den Mund. Die Ränder seiner Zähne sind pissoirfarben. Hinter seinem Rücken ein schwarzgrauer Streifen am Himmel. Die erste Morgendämmerung? Die Leuchtschrift des Plastikweckers zeigt 03:46.
Er grinst mich neugierig an, als würde er versuchen, irgendwelche Schmerzen in meiner Miene zu entdecken. Doch da hat er sich getäuscht. Immerhin sitzt er der Europameisterin im Ertragen gegenüber. Ich mache ihm nicht die Freude, etwas über Schmutz zu sagen.
„Was war in dem Wasser aufgelöst?", frage ich.
„Ach das! Nicht von mir." Er lacht. „Irgendwelche Irrealos. Müsste euch Giftlern eh behagen. Den Cocktail hatte Franky Frankenstein für dich vorbereitet. Aber der hat nicht gewusst, was eine Kooperation mit Charlie bedeutet."
„Was hast du mit mir vor?", frage ich und imprägniere meinen Blick mit Hass.
„Man amüsiert sich miteinander", antwortet er tonlos.
„Wenn du mich berührst, scheiße ich dir auf den Schwanz."
„Ich *habe* dich berührt", sagt er und verfolgt meinen Blick, „gefickt sogar."
Ich spüre keine Verletzung zwischen den Beinen. Nichts. Meine Schmerzen bündeln sich im Kopf- und Nasenbereich.
„Ich habe Aids", versuche ich, „das weißt du eh?"

Wir starren uns an.
„Blödsinn", gibt er zurück. „Die Leute haben heute nicht mehr Aids, höchstens BURN, und das gibt es auch nur mehr im *Bunten Hund.*"
„Ich kann dir meinen Test zeigen … HIV-positiv."
Charlie reagiert nicht, doch in seinem Urmenschenschädel arbeitet es.
„Ist mir auch schon egal, meine Süße."
Er schmeißt seine Marlboro auf das Parkett, stellt eine Sohle drauf und erhebt sich. Als er sich dem unteren Bettrand nähert, mache ich mir fast die Unterhose gelb.
„Neutrophile hab ich auch!", rufe ich in Panik, um ihn abzulenken.
„Was??"
„Neutrophile. So heißt der Immunzelltypus, der bei BURN aktiv wird. Er schüttet Stickoxid, Superoxidanion und Wasserstoffperoxid dort aus, wo er eine Infektion zu erkennen glaubt." Mein ganzes verschrottetes Pseudowissen drängt an die Oberfläche. „Bei der Bekämpfung von Parasiten spielt er eine Rolle. Parasiten sind heutzutage nur peripher problematisch, waren aber in der Evolution von Bedeutung. Neutrophile werden übrigens auch für Autoimmunkrankheiten verantwortlich gemacht, zum Beispiel bei der *Rheumatoiden Arthritis.* Man hat herausgefunden, dass in den befallenen Gelenken Neutrophile rumhängen und allmählich die Knorpelschicht des Gelenks zerstören. Ein ähnliches Prinzip wie bei BURN."
„Jetzt reichts!", schreit Charlie mit knallrotem Schädel.
„Das Immunsystem ist bekanntlich", fahre ich fort, aber der Fluss meiner Gedanken wird dünner, „die Polizei des Körpers. Und eine solche Aktion ist ja auch nur ein kleiner Übergriff, wie er in Österreich in der von FF-Funktionären durchsetzten Polizei gerne geschieht."
„Ich stopf dir das Maul!"

Charlie ist zu nahe.
Aus reiner Verzweiflung versetze ich ihm mit dem freien Fuß einen Tritt.
Er nimmt meinen Fuß in seine Pranke und drückt zu. Ich brülle vor Schmerz. Jetzt gleitet seine Hand nach oben. Es ist höchste Zeit, mir sollte was einfallen.
„Wenn du weiter so störrisch bist, binde ich dir das andere Bein auch fest."
„Die Fotos hast du eh gesehen?", stoße ich hervor, „nicht nur mein Boss sucht mich, auch Schneyders Leute sind hinter uns her. Das Vernünftigste wäre, du verschwindest."
„Mich kriegt keiner." Er lässt von mir ab. „Einen Charlie fängt man nicht ein."
„Du bist ihnen eh egal", setze ich nach. „Die Fotos holen sie sich."
„Man hat eine Geisel."
„Geiselnehmer werden erschossen."
„Wenn sie den Kopf hinhalten! Aber du kannst dich darauf verlassen, bei Tagesanbruch bin ich weg."
Er ist zum Sessel von Schmutz zurückgegangen, hält das Kuvert in der Hand und grinst. Mir wird kühl. Charlie ist unerhört – er ist so blöd, dass er schon wieder eine steinzeitliche Denkmaschine ist.
„Du meinst doch nicht, dass ich darauf hereinfalle? Das ist typisch für euch linkes Gesindel. Verleumdung anständiger Politiker. Ulf Schneyder schwul? Mit Negern? Das hättet ihr wohl gerne …"
„Kannst dir die Negative anschauen im Kuvert!!"
Das verunsichert ihn doch. Er hält einen Negativstreifen gegen das Licht der Bettlampe.
„Alles schwule Darsteller", er zündet seinen Refill-Lighter an, „das Zeug ist keinen Schilling wert, außer dem Honorar, das ihr den Typen gezahlt habt."

Er steckt den Negativstreifen in Brand. Eine Flamme lodert auf, und der Streifen sackt zu einem schwarzen Knäuel zusammen. Etwas Flüssigkeit tropft auf den Boden.
Obwohl ich seit acht Jahren Fotos mache, war mir bisher unbekannt, wie gut Negative brennen.
„Im Austausch gegen Tanjas Adresse lasse ich ein paar von den Meisterwerken übrig."
Charlie hält den Refill-Lighter an einen Abzug. Das Fotopapier verpufft ziemlich rasch. Der Flammenwerfer in seiner Hand eignet sich ideal für seine Intentionen.
Er sieht mich bedeutsam an, während ein Flämmchen über ein Bild des nackten Oppositionsführers züngelt:
„Du weißt bestimmt, wo Tanja ist, meine Süße. Wir könnten sie holen. Dann wären wir zu dritt!"
„Du spinnst", sage ich nur, „die Leute von Schneyder faschieren dich."
Der Gestank nach verbranntem Gummi weht in bauschigen Wolken zu mir.
„Weil eure Kunstwerke im Arsch sind?" Charlie wirft das Kuvert aufs Parkett. „Eher faschieren sie dich, Kleine. Also – wie erreichen wir Tanja?"
„Du begreifst den Ernst der Lage nicht." Ich verleihe meiner Stimme einen kalten Klang. „Das am Bahnhof hast du auch nicht kapiert."
Er antwortet nicht.
Es stinkt bestialisch.
Die Abzüge sind verbrannt, jetzt nimmt er Negativstreifen heraus. Charlie hält auf dem Parkett ein richtiges Lagerfeuer im Gang.
Ich hoffe nur, dass die Flammen auch seine Schamhaare ergreifen, zwischen denen der Schwanz schaukelt.
„Du spinnst total. Du zündest das Haus an."
„Drei Sachen muss ein Mann in seinem Leben tun", antwortet er

triumphierend. „Einen Baum umsägen, ein Kind überfahren, ein Haus abfackeln."
Mir bleibt die Sprache weg. Irgendwo müssen sie ihm solche Phrasen beigebracht haben.
Ich schüttle den Kopf und starre in sein erwartungsvolles Grinsen. Ich starre sehr lange dort hinein. Seine Augen leuchten.
Das Haus fackelt er zwar nicht ab, aber er ist schwer fasziniert von seinem Steinzeitfeuer. Charlie ist jetzt fiebrig, er hat seine Phantasien über einen Dreier vollständig vergessen und gibt sich ganz seiner Zündelei hin.
Ulf Schneyder hätte seine Freude an diesem Parteigänger.
Von Zeit zu Zeit funkelt er mich an. Doch ich halte dem Blick stand. Im Grund bin ich erleichtert, dass ein politisches Problem der frühen Zehner Jahre sich so brachial löst. Im Grund tut dieser Irre nur das, wozu alle anderen keinen Mut aufbringen.
Schade nur, dass ich dem Corn vom *Falter* diese Sache nie mehr zeigen kann. Der wird mir das alles nicht glauben.

Irgendwann ist das Kuvert heruntergebrannt: Charlie hat alle Negative zusammengeschmolzen. Ich horche in mich hinein, nichts. Mir ist das gleichgültig. Ich bin schlapp wie die grauschwarze Masse auf meinem Parkett.
Den nächsten Vorstoß versuche ich mit neutraler Stimme:
„Auf meiner Phonybox ist eine Nachricht. Nur damit du nicht meinst, ich hätte etwas verschwiegen."
„Was soll das Gequatsche. Wenn du was verschweigen könntest, würdest du."
Er erhebt sich trotzdem. Auf dem Weg in die Küche tupft er sich das Handtuch auf die Wunde. Mit meinem Phony kehrt er zurück.
„Wie kommt man zur Handybox?", fragt er.
Kann einer so bescheuert sein? Ich greife nach dem Gerät, doch er manövriert es aus meiner Reichweite.

„Du willst die Bullen wählen."
Misstrauisch besteht er darauf, dass ich ihm die Tastenkombination ansage. Er hat keine Ahnung.
Mein Herz schlägt höher.
Er schaltet laut meinen Anweisungen das Phony auf Empfang. Ohne dass es ihm auffällt. Ich lasse mir den Display zeigen und spiele die letzte Nachricht von Völkerball ab.
Fühl dich nicht zu sicher, am Ende kriegen wir die Fotos.
Charlie blickt mich verärgert an:
„Na und?"
„Wir sollten abhauen."
„Würdest du wohl gerne … verdammt, was hört man da für ein Geräusch?"
Wir lauschen beide angestrengt. Nichts. Nur der Verkehr.
„Das war die tote Katze", sage ich in die Stille.
„Selber Katz!", entgegnet er und schwänzelt mit der Zunge.
Sein Grinsen ist unerträglich. Der Belag auf der Zunge sieht aus wie Smegma und schmeckt vermutlich danach.
Die Eurovisionshymne des Phonys hilft mir. Die Melodie rasselt derart schwungvoll los, dass Charlie es beinahe fallen lässt.
„Wenn ich mich nicht melde", ich blicke ihn kerzengerade an, „ist das noch auffälliger."
„Du hast einmal Scheiß gebaut", sagt Charlie lauernd, „keinen zweiten Trick, ich erwürg dich."
Ich betätige sorgfältig die grüne Taste.
„Er soll ins Vorzimmer gehen", flüstert eine Stimme knapp über der Hörbarkeitsschwelle.
Ich begreife. Es ist Tanja.
„Nicht nötig", sage ich mit fester Stimme, „mir gehts blendend."
„Schick ihn raus", flüstert sie. „Im Vorzimmer ist kein Licht."
Charlie steht hinter meiner Schulter. Mir wird ganz blümerant.
„Nein, nichts Außergewöhnliches!", antworte ich. „Ich ruf dich morgen an. Gute Nacht!"

„Wirf eine Lampe um und schrei Kurzschluss, dann lass ich die Sicherung hochgehen", ist das letzte, was ich höre.
Erschrocken drücke ich auf rot. Mein Herz rattert wie eine Munitionsfabrik. Meine Halsschlagader ist faustdick.
„Wer war das?"
„Adalbert. Hast ja gehört. Mein neuer Freund."
Unglaublich, wozu man imstande ist.
Charlie reißt mir das Phony aus der Hand. Aber ihm fehlt das Fachwissen, um die letzten Anrufe auflisten zu lassen.
„Blödsinn. Wer war das jetzt? Man erfährt ohnehin alles."
„Adalbert macht sich Sorgen. Und zwar völlig zu recht."
„Du hättest ein Zeichen gegeben. Ich bin ja nicht bescheuert!"
Und plötzlich schleudert er mein Phony auf den Boden, aber richtig, mit voller Wucht. Das Phony schlägt eine Delle ins Parkett und bricht in zwei Teile.
„Das ist hin", sagt er und setzt sich mit schmalem Mund in den Sessel von Schmutz. „Also, wer war das wirklich?"
Ich antworte zuerst gar nichts. Sein Schwanz ist wieder am Größerwerden. Ein weiteres Wachstum dieses Organs muss ich unter allen Umständen verhindern.
Es ist vollständig unklar, welche Art von Anfall ihn als nächstes beuteln wird. Deshalb brauche ich eine Strategie, um Tanjas Anordnung diskret zu befolgen.
„Ich dachte, keine Tricks, sonst erwürgst du mich", ist mein nächster Versuch. „Ich weiß ja eh, dass du ein Mörder bist!"
Charlie horcht auf. Die Wendung interessiert ihn, weil sie genauso schräg ist wie seine eigenen Hirnwindungen.
„Findest du?", fragt er neugierig, „wen habe ich denn ermordet?"
„Du bist zweitklassig …", setze ich nach. „Ein Katzenmörder."
„Man mag sie nicht." Er zuckt mit den Achseln. „Idioten auf Pfoten."
„Aber den Sittich hast du offenbar gern."
„Den was?", schnauft er.

„Den Vogel." Ich deute auf das offene Tor des Käfigs, den der Sittich bis zum April 02 bewohnt hat. „Leopold."
„Der ist als nächstes dran."
Charlies Handfläche liegt über seinem Schwanz, als wollte er ihn niederhalten.
„Du wirst doch keinen Vogel töten!", brause ich auf.
Er glotzt im Zimmer herum.
„Hörst es nicht zwitschern?", frage ich.
„Was!??"
„Das Vogerl! – In deinem Hirn!!"
„Halt dein Maul. Es wird ohnehin zuviel gequatscht."
Die neue Entwicklung widerstrebt ihm. Für sein langes Organ gibt es keine guten Nachrichten. Es schrumpft.
Er tappt ein paar Schritte in Richtung Küche, ganz freiwillig, muss er vielleicht aufs Klo? Hoffentlich trifft er den Geist des Sittichs Leopold, der dort im Abwaschbecken ertrunken ist. Zusammen mit dem Geist von Schmutz. Vielleicht auch Gorillamensch. Alle miteinander.
„Bleib hier!", setze ich fiebrig nach, „du rührst meinen Vogel nicht an!"
Ich rechne nämlich fest damit, dass er grundsätzlich das Gegenteil davon tut, was man ihm befiehlt.
„Gut, der wird später dran glauben … Sag, wie gefällt man dir eigentlich?"
Er präsentiert das Organ in halb aufgerichtetem Zustand. Was für ein Jammer, er war bereits auf dem Weg ins Vorzimmer!
Jetzt hat er umdisponiert. Er steigt ins Bett und legt sich auf mich. Sein heißer Pimmel drängt los, ich presse die Schenkel zusammen und gleichzeitig drücke ich, aber in dieser Stellung ist es unmöglich, den Darm zu entleeren … Meine Fäuste trommeln gegen seinen Rücken, mit den Nägeln reiße ich ihm die Haut auf. Er stöhnt, keine Ahnung, ob vor Schmerz oder vor Geilheit, dieser Bär ist jedenfalls in Rage, mit einer einzigen

Bewegung bricht er mir den Hals – ich zwinge jedes Geräusch nieder, er ist stärker als Tanja und ich zusammen, und wenn sie die Nerven verliert, sind wir beide dran.
Endlich fassen meine Fingerspitzen die Lampe am Nachtkästchen. Ich kriege sie in die Faust und platziere das Ding auf seinem Rücken. Mit einem Knall zerspringt die Glühbirne.
„Kurzschluss!", schreie ich hysterisch ins Halbdunkel.
Charlie stößt sich ab und verpasst mir zwei Ohrfeigen. Aber inzwischen bin ich immun gegen Erschütterungen.
„Du miese Kröte!", zischt er, „wo ist der Schalter?"
„Licht aus!" schreie ich.
„Noch ein Wort und man schaltet *dir* das Licht aus." Er tappt durch die Dunkelheit, ich zerre am Kabel. „Sag mir, wo der verfluchte Sicherungskasten ist, sonst dreh ich dir im Finstern den Hals um!"
„Im Vorzimmer."
Er schlurft durch die Küche ins Vorzimmer. Einen Moment Stille.
Ein dumpfer Schlag – als hätte jemand eine Eisenstange auf ein Ledersofa geknallt.
Das Licht geht an.
„Guten Morgen", sagt die Stimme von Tanja, und zum ersten Mal seit vielen Stunden glaube ich wieder, dass alles gut wird.

31

Charlies Körper liegt an der Schwelle zwischen Vorzimmer und Bad. An der Badewanne lehnt der Totschläger. Tanja grinst mit rot unterlaufenen Augen. So gefällt sie mir viel besser. Ihr Bauch ist noch stärker ausgebeult als vorgestern. Man könnte auf der oberen Fläche Schach spielen.
„Was stinkt hier so erbärmlich?"
„Er hat mir ein paar Negative verbrannt, weil er deine Adresse erfahren wollte", erkläre ich wahrheitsgemäß.
„So ein Trottel. Und deine Nase?"
Sie drückt zwei Finger gegen die Kartoffel in meinem Gesicht.
„Ein bisserl in die Goschen gehaut bin ich halt worden!"
„Der Knorpel ist intakt. Was hat er dir getan?"
Ich schlüpfe in ein frisches T-Shirt. Während der Stoff über mein Blickfeld gleitet, bleibt Tanja als Röntgenbild bestehen.
Das Röntgenbild sieht hungrig aus.
„Habt ihr die Sache mit dem Tinky Winky geklärt?", versuche ich eine Gegenfrage, denn über Charlies Annäherungen können wir später auch reden. „Wo ist Ignaz? So resolut kannte ich ihn gar nicht."
„Alles geklärt. Ignaz meditiert bei einer Käsekrainer." Sie runzelt die Stirn. „Jetzt möchte ich wissen, ob Charlie es gewagt hat."
„Was?"
„Hat er dich vergewaltigt?"
„Behauptet hat er es. Ich war die halbe Zeit bewusstlos. Wir sollten besser abhauen. Denk an die Indianer in den Filmen, wenn sie tot sind. Kaum drehst du ihnen den Rücken zu, springen sie dich an."
„Äther", sagt Tanja. „Wenn er aufwacht, kriegt Charlie Äther."

„Du meinst“, ich suche verbissen ein anderes Thema, „nicht den Weltraum!?“
„Blödsinn. Äther, das alte Narkosemittel.“ Sie deutet auf den Totschläger. „Wenn er sich bewegt, panier ihm eine. Ich bin gleich wieder da.“
Tanja verschwindet nach Geisterstadt. Ich steige über den gefällten Körper von Charlie und lasse mich auf den Badewannenrand nieder, schaudernd – wegen dem getrockneten Blut.
Der Griff des Totschlägers ist kühl.
Vielleicht hätte ich mir auch einen zulegen sollen.
Charlie ist gelb wie eine Leiche, das Kinn nach unten gerutscht, der Mund einen Spalt offen. Eine riesige Zunge quillt durch eine winzige Zahnlücke.
Ich schlucke zwei Parkemed 500 aus dem Medizinkasten.

Beim Hereintragen der Arzttasche macht Tanja ein sonderbares Gesicht.
„Warst du in letzter Zeit da drüben?“
„Nein, sage ich“, „warum?“
„Nur so. Ganz schön staubig.“
Das wundert mich jetzt doch. Staub hat Tanja bisher nur in Adalberts Wohnbereich gestört. Sie nickt nachdenklich und zieht eine Flasche heraus.
„Darf ich vorstellen – Äther. Ein farbloses, flüchtiges, leicht entzündliches Anhydrid, Mischung aus Alkohol und Schwefelsäure. Wirkt absolut zuverlässig.“ Sie befeuchtet einen Wattebauschen und stülpt ihn Charlie über. „Allein die Wirkungsdauer ist ungewiss.“
„Totschläger, Narkose … was zum Teufel planst du?“
„Zuerst bringen wir ihn rein.“

An den Fersen schleifen wir den Körper in die Küche. Er hat das Gewicht eines Mittelklassewagens. Sein Hinterkopf schlägt auf den Boden. Das bremst und erzeugt hässliche Geräusche.

„Die Zähne könnte er sich operieren lassen." Tanja fasst Charlie am Schopf. „Schade, dass ich die Zahnausrüstung … Nicht einmal einen Slip trägt er!"
„Was hast du vor?"
„Er hat dich vergewaltigt, oder?"
„Ich erinnere mich nicht."
„Es reicht, dass er es tun *wollte*. Wir handeln frei nach Olga Scheinpflugova."
Tanja zieht die Platte aus und breitet ein Leintuch über den Tisch. Man hätte einen Kran gebraucht, um das Monstrum hochzuzerren, aber irgendwie gelingt uns die Aktion ohne Hilfsmittel.
„Frei nach wem?"
„Olga Scheinpflugova. Eine tschechische Ärztin in den Achtziger Jahren. Zur Zeit deiner Geburt. Erinnerst du dich überhaupt an den Ostblock?"
„Na sicher", antworte ich, „der Große Eiserne vor der Haustür."
„Im Ostblock hatten die Frauen noch Mumm. Olga Scheinpflugova wollte eines Tags in Prag eine Ordination eröffnen."
Die Frau gefällt mir, sie teilt den Vornamen mit Olga Forever.
„Zur Sache!"
„Eines Abends war sie auf dem Rückweg in ihre tschechische Kleinstadt. Sie hielt am Straßenrand den Daumen raus. Eine übliche Reisemethode in der Tschechoslowakei, sozusagen Solidarität." Tanja stockt, mit brennenden Blicken treibe ich die Geschichte voran. „Kurze Zeit später hielt ein LKW. Zwei einheimische Lastwagenfahrer. Damals gehörten Tschechien und die Slowakei noch zusammen."
Charlie lässt einen wilden Schnarcher los, deshalb wird ihm ein neuer Ätherbausch vor die Frontpartie gehängt. Was für ein Geruch! Der übertönt die verschmorten Negative locker. Ich fürchte, auch wir werden demnächst in Ohnmacht fallen.
Mein Gehirn ist schon weich.

„Komm zum Thema!“

„Olga Scheinpflugova stieg ein. Dabei musste sie über den Schoß des einen Typen klettern. Der griff ihr zwischen die Beine. Das alles noch mit einem gewissen Humor … ob sie ein Bier wolle und so. Ihre Proteste halfen nichts. Am nächsten Parkplatz vergewaltigten sie Olga. Nach einer gewissen Zeit änderte sie ihre Taktik. Sie habe sich, sagte sie, immer zwei starke Männer gewünscht. Die Typen schafften sie zurück in den LKW und soffen weiter. In der Gegend der Kleinstadt, in der Olga Scheinpflugova wohnte, lud sie die Männer in ihre Wohnung ein. Sie habe tollen russischen Wodka daheim. Die Aussicht auf Sex und Wodka machte die beiden gierig. Nein, sie würden schon achtgeben, dass Olga Scheinpflugova kein schiefes Ding drehte. Wenig später saßen sie bei ihr auf der Couch. Olga traf ihre Vorbereitungen. Bald hatte sie die beiden so weit – vollständig besoffen und leichtsinnig. Sie betäubte sie mit Äther. Bei Tagesanbruch war Olga Scheinpflugova fertig. Sie rief Rettung und Polizei. In ihrer Küche lagen zwei kastrierte LKW-Fahrer mit fein säuberlichen Wunden, bereit zur Versorgung im Krankenhaus der tschechischen Kleinstadt. Beeindruckt?“

Ich bin sehr beeindruckt.

32

Charlies Arm baumelt über die Kante des Küchentischs. Zwischen seinen behaarten Oberschenkeln liegt das Organ. Jetzt, ohne direkte Steuerung durch das Steinzeitgehirn, ist es enttäuschend klein. Aus der Nähe betrachtet büßt ein solches Teil dramatisch an Faszination ein. Jede Blunze ist imposanter, praller, weniger schlapp, riecht würziger. Und wird mit Sauerkraut serviert, nicht mit Haarbüscheln.
So schauts nämlich aus.
Aus der Nähe schaut es geradezu niederschmetternd aus.
Bei hoch geklapptem Schwanz zeichnet sich eine entzündete Stelle an der Naht des Hinterns ab. Als hätte Charlie oberhalb vom Arschloch ein zweites Loch, dunkelrot und pelzig. Bei einem solchen Anblick gerät man zwangsläufig ins Grübeln. Auch wenn Männer ganz innen vielleicht harmlos sind: Momentan würde ich ohne sie auskommen.
Das Exemplar auf meinem Küchentisch ist so unappetitlich, dass es schwerfällt, an das Paktfähige im Mann zu glauben, an Liebe, Ehe, Geschlechtsverkehr.
Tanja seift ihm die Haut ein. Sie gäbe eine exzellente Pflegerin ab – nach ihrer Karriere bei der Sexhotline. Mit einer Bic-Klinge rasiert sie den Pelz vom Hodensack und leert eine Flüssigkeit über den Genitalbereich. Auf dem Etikett der Flasche steht *Beta-Isodona.* Anschließend breitet sie am Rand des Tischs einige Objekte aus, die alle ziemlich kalt aussehen.
Mit grünen Gummibändern bindet sie den Hodensack oberhalb der Eier ab: Fast wie eine Installation für das Schaufenster des *Ledernen Gürtel.*
Noch ist keine Entscheidung gefallen.
Noch könnte ich Luft holen und ein Wort für die Männer dieser

Welt einlegen. Doch ich fühle am Gaumen den Geschmack nach trockenen Mannerschnitten.
Tanja dockt ein Gerät an die Steckdose und reicht mir sterile Latex-Handschuhe.
„Moment mal", setze ich an, alles weitere bleibt mir im Hals stecken.
Ihr Gesicht. Es ist anders. Dunkelgelb wie ein Kalbsschnitzel in der Bio-Vitrine vom Nanomarkt, überhaupt nicht fett oder hässlich, sondern Fleisch von perfekter Rohheit. Ihre Augen sind doppelt so groß wie vorhin.
„Bist du meine Schwester, Fiona?"
Ich nicke, obwohl das angesichts ihrer Veränderung gar nicht mehr so klar ist.
„Bei dem folgenden hältst du dich raus", sagt sie. „Es gibt zwei Gründe, die alles, was wir tun, rechtfertigen. Und ich brauche deine Hilfe."
Ich schlucke. Dann nicke ich zum zweiten Mal.
Jetzt wird mir bewusst, was mich aufwühlt. Tanja ist wie früher. In ihren Augen glänzt der kranke Schimmer der Unvernunft. Sie hat ihr Einfamilienhaus samt Stiege und Adalbert völlig vergessen.
Wir zwängen die Finger in die Gummihaut.
„Mit mir geht das in Ordnung", gebe ich lässig zurück. „Selbst wenn du ihm die Gedärme aus dem Magen räumst."
Hauptsache, du beeilst dich, denke ich, aber das sage ich nicht. Mein Puls geht schneller.
„Warst du das?", Tanja deutet auf den trockenen roten Faden an Charlies Schläfe.
„Der Roman, den du mir geschenkt hast. *Olga Forever.*"
„Ich wusste ja, dass *Olga Forever* das richtige ist."
Charlies Arm rührt sich. Eine Dosis Äther erstickt die Regung.
Tanja fasst einen Metallstiel mit eingesetzter Klinge. Sofort fällt mir das Wort *Skalpell* ein. Ein krummer Schnitt in die Faltenhaut. Mein Rücken überzieht sich mit Pünktchen.

Sie deutet, mit einem Tupfer das aus dem Schlitz sickernde Blut zu stillen. Dann drückt sie mir einen Zweizinker in die Hand.
„Haut beiseite schieben!“
Die Haut von Charlie ist beinahe durchsichtig. Wenige Zentimeter neben dem frischen Rot schrumpelt das braune Organ. Und sowas lässt man sich gelegentlich in den Unterleib stecken!
„Das hier“, das Kabel eines Schraubenziehers führt zur Steckdose, „nennt man Diathermie. Sobald ich *Strom* sage“, sie überreicht mir die Diathermie, „betätigst du den blauen Knopf.“
Ich rufe mir mein Biologiewissen ins Gedächtnis. Mir scheint, diesen Bereich haben wir fahrlässig durchgenommen. Tanja nimmt eine Art Pinzette.
„Strompinzette“, erklärt sie. „Gib Strom!“
Der Kontakt von Diathermie und Pinzette zischt wie Wasser auf heißem Öl.
„Strom“, wiederholt Tanja, „wir stillen das Blut, indem wir die Arterien zuschmelzen.“
Ich gebe Strom. Die Pinzette lädt sich und fährt fauchend in die Ritze. Ein Gestank nach angesengtem Fleisch weht mir in die Nase.
Charlie macht keinen Mucks.
„Willst du ihn grillen?“
„Strom“, befiehlt sie, und ich betätige den blauen Knopf.
Tupfer. Strom. Tupfer. Strom. Tupfer. Bis die Blutung gestillt ist. Mit einer der stumpfzackigen Gabeln fährt sie in den Spalt.
„Langenbecks. Mit Langenbecks fixiert man die Öffnung.“
„Langenbecks“, übe ich.
Eine groteske Vokabelstunde.
Mit den Gabeln spreize ich die Hautlappen auseinander, was pervers ist, weil ich weiche Eier bisher nur mit dem Löffel gegessen habe.
Mich wundert, wie gut ich den Anblick dieser Metzgerei vertrage. Fast bin ich dabei, mich für Details zu begeistern. Trotzdem müssen wir da irgendwo eine Grenze einbauen.

„Der Schwanz bleibt aber schon dran?“

„Klar. Wir präparieren den Sack frei.“ Mit rechts schnipselt Tanja an der Spalte entlang, die Pinzette hält sie links. „Langenbecks stärker, bitte.“

Der Jargon gefällt mir immer besser. Leider fällt mir das andere Problemgebiet ein, das noch nicht erledigt ist: Völkerballs Gier auf Fotos, die nicht mehr existieren. Ich traue dem Frieden nicht. In einer Stunde läuft die Frist ab, die ich mir und ihm gesetzt habe.

„Was sieht man da?“, frage ich, nicht direkt aus Interesse, sondern um mich vom Gedanken an Völkerball abzulenken.

„Das Skrotum. Außen Haut, darunter Bindegewebe, darunter Fascien. Weiter darunter erscheint der Hodensack.“

„Du meinst, innen im Hodensack befindet sich der eigentliche Hodensack?“

„Genau.“ Tanja zieht das Skalpell vorwärts. „Den muss man stumpf abpräparieren. Das heißt, man muss ihn vom Bindegewebe lösen, mit Hilfe von Skalpell und anatomischer Pinzette.“

Mir leuchtet nicht ein, wieso *man* das *muss*, doch was solls.

Jedenfalls räumt diese Operation mit Vorurteilen auf. Bisher hatte ich zum Beispiel geglaubt, die gummiartigen Bälle würden innerhalb des Hodensacks nach Belieben hin- und herrutschen, wie die Buchstaben im grünen Scrabble-Sack. Aber zumindest bei Charlie sind sie relativ fest verankert.

Auf einmal ein kleines Erdbeben.

„Das Monstrum erwacht“, flüstere ich, „es bewegt das Knie.“

„Schütt ihm den Äther in die Fresse“, flüstert sie zurück und führt das Skalpell voran.

Ich gehorche, Charlies Knie erschlafft.

Mittlerweile befinden wir uns ganz innen.

Mein Kahnbein schmerzt, derart verkrampft halte ich die Langenbecks. Früher habe ich mir bisweilen gewünscht, den männlichen Intimbereich untersuchen zu können, ohne dass der

jeweilige Junge etwas davon merkt. Eine Frau kriegt ja selten Gelegenheit, das mystische Ding zu betrachten. Aber so nah wie heute wollte ich nie hin.
„Schau", Tanja zeigt auf einen hellen Faden, den ich für einen Muskel gehalten hätte, „der Hodensack hängt am Samenstrang."
„Den willst du abschneiden?"
„Eine Vasektomie?" Sie grinst. „Nein. Wir machen mehr weg."
Das weißliche Ei löst sich aus seiner Umhüllung.
„Bitte die Klemmen." Tanja befestigt zwei Klemmen am Samenstrang. „Schere."
Mit einem energischen Schnitt durchtrennt sie den Strang. Das entnommene Ei legt sie neben den Oberschenkel auf das Leintuch.
Losgelöst vom Mutterschiff.
„Jetzt wird genäht." Sie tastet mit einer Sichel den Wundbereich ab. „Macht richtig Spaß. Dann kommt das zweite Ei."
„Meinst du nicht, eines reicht? Als Warnung?"
„Der kommt mit minus zwei Eiern billig davon. Also tu, was ich sage."

Während der folgenden Prozedur gelingt es mir, einen Langenbeck zu befestigen. Der Langenbeck spreizt die Wunde ohne mein Zutun auseinander. Tanja scheint nichts dagegen zu haben. Charlie auch nicht. Ob er etwas fühlt? Seine Miene ist ausdruckslos.
Ich hole mir also mein Werkzeug. Durch die Latex-Handschuhe greift sich die Nikon seltsam an.
„Das ist aber", Tanja taxiert mein Vorhaben, „schon ein bisserl arg."
„Auch nicht ärger als deine Unternehmung."
Ich inszeniere ihren Bauch. Der Schiefe Turm von Pisa wird von den meisten Fotografen schiefer gemacht, ich mache meine Schwester *schwangerer*. Endlich habe ich eine Aufgabe, mit der

sich die Furcht vor der letzten Völkerball-Offensive aushalten lässt.
Durch das Objektiv erscheint die Szene unerreichbar fern. Wie im Weltall draußen. Werk einer fremden Intelligenz: Charlies verschrumpelter Schwanz als Raumstation und das glänzende butterfarbene Ei als Space-Shuttle. Erstaunlich, wie rasch Gefühle in der Linse versickern. Als Fotografin wäre ich vermutlich fähig, bei der Amputation eines Kopfes zu assistieren.
Während dem zweiten Akt schieße ich dreißig Aufnahmen. Titel der Serie: *Charlie und Tanja, Ex-Freunde.*
Klemmen. Tupfer, Strompinzette, Diathermie, Langenbecks, Klemmen, Schere.
„Die letzten gemeinsamen Fotos von euch“, witzle ich. „brutal, dieses Innenleben.“
„Mhm, das Innenleben“, Sie ist in die Landschaft unter ihren Händen vertieft, „des Mannes der Zehner Jahre, genau.“
„Harmlos“, steuere ich meinen Merksatz bei, „ganz innen sind vielleicht alle Männer harmlos.“
Tanja sieht mich komisch an.

Am Ende liegen beide nebeneinander. Das zweite Ei ist größer.
„Was passiert mit Charlie?“, frage ich und schieße Foto Nummer 38, „ich meine, danach?“
„Interessante Perspektiven. Er verliert seine männliche Behaarung. Und er bekommt natürlich eine Gynäkomastie.“
„Eine was?“
Tanjas Gesichtszüge entspannen sich:
„Gynäkomastie. Fett wie ein Kater wird er … oder wie eine ältere Frau … weichere Hüften und so weiter. Kurz gesagt: Eunuch.“
„Der kriegt keinen mehr hoch?“
„Naja …“, sie näht zwei Hautlappen zusammen. „Theoretisch kann er schon noch erigieren.“
„Und praktisch?“

„Praktisch ist das eher unwahrscheinlich."
„Also keine Erektion?"
„Höchstens, wenn ihm Ignaz eine aus Gummi schenkt … zum Geburtstag."

33

Mit einem blauen Tuch deckt Tanja den operierten Bereich ab. Den restlichen Äther kippt sie auf einen Putzfetzen und presst ihn auf Charlies Lippen. Der gibt kein Lebenszeichen von sich. Ob Leichen so aussehen?
Neben seinen Unterschenkeln glänzen die frischen Eier. *Eier aus Bodenhaltung*, muss ich denken, *Freilandeier.*
„Kennst du einen guten Anwalt?", frage ich. „Soll ich die Polizei holen?"
„Polizei?", fährt sie hoch, „Bist du wahnsinnig? Wir wecken Robin. Die Rettung alarmieren wir vom Flughafen."
„Ich dachte, Olga Scheinpflugova habe die Polizei … Na gut. Robin? Flughafen? Was hast du vor?"
„Nicht ich. Wir. Wir machen eine Reise."
„Verrätst du mir wenigstens, auf welche Temperatur ich mich gefasst machen soll?" Heute wundert mich nichts mehr. „Eher Äquator oder eher Sibirien?"
„Eher Äquator, aber bestimmt ein Stück kühler als Wien."
Tanja tippt eine Nummer ins Telefon.
„Robin? Es ist soweit. Kolingasse, in einer halben Stunde." Sie wendet sich zu mir. „Zusammenpacken. Ich hole was von meinem Zeug aus Geisterstadt."
„Charlie lassen wir allein?"
„Postoperative Ruhephase. Mach schon. Reisepass nicht vergessen."

Im Hauptzimmer packe ich Pass, Impfkarte, Nikon, Unterwäsche und zwei T-Shirts ein. Bei Tageslicht sieht die schwarze Masse aus Negativen und Fotopapier auf dem Parkett anders aus, nicht mehr nach gelöschtem Lagerfeuer. Irgendwie weniger bedrohlich. Daneben der Sessel von Schmutz, auf dem eben noch Charlie saß. Ein Charlie mit unversehrten Eiern zwischen den Schenkeln.

Zurück in der Küche beuge ich mich zu seinem Schädel hinunter. Er gibt keinen Ton von sich. Muskel zuckt auch keiner. Atmet er? Mir wird kalt.

Nein, sein Puls schlägt – postoperative Ruhephase.

Wirklich höchste Zeit für den Aufbruch. Wenn Charlie erwacht, wird er vielleicht kein *Er* mehr sein, zumindest nicht im klassischen Sinn. Aber er wird ohne jeden Zweifel eine Menge mit uns besprechen wollen.

Ich hole den Porree aus dem Kühlschrank.

Der Porree hat in den letzten Tagen deutlich an Frische eingebüßt. Seine äußerste Schicht ist porös und trocken.

Das passt recht gut.

Ich lege den Porree auf das Leintuch, zwischen die beiden Eier von Charlie. So schauts nämlich aus. So schaut das ganze gleich viel besser aus.

Vor dem Eingang zu Geisterstadt steht Tanja wie ein Laternenpfahl.

„In Geisterstadt gehst du nicht hinein. Wenn du was brauchst, kauf es am Weg."

„Die Leica M6 kann man nicht kaufen."

„Dann ist es ohnehin besser, sie bleibt hier." Ihr Ton lässt keinen Widerspruch zu. „In drei Minuten kommt das Taxi."

Eigentlich müsste ich jetzt rebellieren, aber inzwischen ist mir alles recht. Heute entscheidet Tanja das Wesentliche, und da möchte ich bei einer Nebensächlichkeit nicht unrühmlich auffallen. Meinetwegen: Wir verlassen die Wohnung, wir treffen diesen Robin, fliegen an einen Ort ihrer Wahl.

Beim Zusperren der Wohnungstür von außen – Charlie wird sich zu helfen wissen – zünde ich eine Nil an.
Aufgeregte Stimmen im Stiegenhaus.
Vier Stockwerke tiefer steht die Wohnungstür der Argusgraf offen. Ein Polizist spricht mit einem Nachbarn.
„Auch das noch." Tanja schiebt mich weiter. „Ohren anlegen und durch."

Großartig: vor der Haustüre parkt ein Streifenwagen auf dem Gehsteig! Die beste Versicherung gegen einen Zugriff von Völkerball. An der Kühlerhaube lehnt ein Bekannter: der junge Bulle aus der Zagorskigasse.
„Das ist eine Leistung. Vor uns am Tatort! Schickt der *Bunte Hund* seine Leute schon zu unseren Routineeinsätzen?"
„Die bunteste Zeitung Österreichs", lächle ich verwirrt.
„Was ist mit der Nase los?"
„Ein Redakteur hat sie mir langgezogen."
„Übrigens, deine Telefonnummer ist falsch."
„Musst noch dazu lernen, Django", zwinkere ich ihm zu. „Die letzten beiden Zahlen vertauschen!"
Er deutet auf Tanja:
„Kollegin?"
„Putzfrau aus Polen", ich senke die Stimme. „Hochschwanger."
Tanja verzieht den Mund.
„Weiß man", fragt er mit erstaunter Miene, „schon genaueres über die Abgängige?"
„Lies morgen den *Bunten Hund*", stammle ich – jetzt hupt das Taxi. „Im *Bunten Hund* stehts bestimmt drin."
„Heute gar nicht mit dem Mobo unterwegs?"
„Sozialer Aufstieg", ist das letzte, was mir einfällt, bevor ich die Nil auf den Asphalt schmeiße und mich auf die Rückbank wuchte.

Auf der Rückbank wartet die nächste Überraschung: Ignaz in seinem Satinhemd. Die Tigerpatschen hat er zum Glück daheim gelassen.
„Mein Gott!", wimmert er, „das hat ja endlos gedauert. Alles glatt gelaufen?"
Es ist eine Premiere, dass sich der ewige Grantler auf Gott beruft.
„9. Bezirk, Kolingasse", sagt Tanja am Beifahrersitz zum Chauffeur. „Ich weiß nicht, ob *glatt* der richtige Ausdruck ist, aber mach dir keine Sorgen."
Ignaz mustert uns aufmerksam, doch er stellt keine Frage. Wahrscheinlich sehen wir ziemlich mitgenommen aus. Er überhaupt nicht. Er ist zufrieden wie ein etwas dick geratener Teletubby. Und während der nächsten Minuten schweigen wir. Ich weiß nicht genau, wieso. Ich glaube, wir schweigen, damit unsere Gehirne mit dem Denken aufholen.
Mein Blick beißt sich am *Bunten Hund* auf der Rückbank fest. *War es doch BURN?*, fragt der Aufmacher, *Spielen teuflische Neutrophile in Wien verrückt?* Ich blättere hinein. Nirgends ein Wort über die Teletubbies. Wahrscheinlich hat Völkerball die Sache zwar gepusht, doch Kalb hat auf stur geschalten. Diese Sturheit von Kalb, denke ich weiter, ist bestimmt auf die Verzögerung der Schneyderfotos zurückzuführen. Nach zehn Jahren ist ein Banküberfall, selbst ein besonders spektakulärer, bestenfalls *Other News.*
Der Sport berichtet vom vorverlegten Training für den Grand Prix auf dem Hungaroring: Platz 1 für Rubens Barrichello.
Nebenbei überprüfe ich die Tagesform der Skorpione. *Sie haben den Bogen in letzter Zeit überspannt. Auch gute Freunde sind oft schlechte Ratgeber. Sie sollten sich zuerst einmal klar werden, was Sie selbst wollen! Leider wirkt sich Mars negativ auf Ihr Liebesleben aus. Sie kommen einfach nicht über die Vergangenheit hinweg. Eine Begegnung wird im Sand verlaufen. Ihre Sprunghaftigkeit treibt Sie dazu, sich in den Falschen zu verlieben.*

„Die Argusgraf abgängig", sinniere ich laut, als wir beim Parlament vorbeifahren, „was hat das nur zu bedeuten?"
Tanja stiert vor sich hin.
„Und Schmutz?", wagt sie auf der Höhe des Burgtheaters eine Gegenfrage.
„Quarantäne", antworte ich. „In der Entlausungsstation beim Ottakringer Tierarzt, in Gesellschaft von zwanzig anderen Katzen. Eine Art Haustierparadies."

Noch eine Premiere: Robin-Reisen in der Kolingasse im 9. Bezirk, sperrt extra für uns um sechs Uhr morgens auf! Ignaz bleibt im Taxi sitzen. Und ich bleibe sicherheitshalber beim Eingang stehen. Der Junge vor der Infobase reibt sich die Augen. Er ist höchstens 25 und sieht hinreißend aus.
„Darf ich vorstellen? Meine Schwester Fiona – Robin von Robin-Reisen."
Ich strecke ihm nicht die Hand hin. Am Tag, an dem man bei einer Hodenamputation assistiert hat, sollte man eine gewisse Distanz zu neuen männlichen Bekanntschaften halten.
„Lassen die dich überhaupt in den Flieger?" Robin deutet auf Tanjas Bauch.
„Wer hat Medizin fertig, du oder ich?"
Er lacht. Es ist ein rosiges Lachen, ein harmloses, ein tiefes. Trotzdem löst es bei mir ein seltsames Gefühl aus. *Ihre Sprunghaftigkeit treibt Sie dazu, sich in den Falschen zu verlieben.* Ich habe ein solches Lachen schon irgendwo gesehen. *Eine Begegnung wird im Sand verlaufen.*
„Ein Glück", Robin wirft den Ticketprinter an, „dass gerade ein Flug nach Mexiko-City geht."
„So großes Glück auch nicht. Ich hätte genauso Caracas gebucht."
„Caracas?", platze ich heraus. „Da ist die letzte Postkarte ... Wir fliegen zu DMW??"

„Gegenwärtig“, Tanja nickt im Takt zum Schnarren des Printers, „befindet Joe Kant sich in Mexico City.“
Und jetzt driftet meine Phantasie vollständig ab. In Mexiko werde ich einen Job annehmen, und ich weiß auch schon wo: bei *La Capital*, dem Arbeitsplatz von Olga Forever! Mein Herz schlägt wie ein Cabgroove, beinahe überhöre ich Robins Resümee:
„Drei Mal Mexicana Airlines. Tickets in Schwechat. Einreisekarte an Bord. Abflug in 80 Minuten.“
Zum Abschied schenkt mir Robin ein rosiges Abschiedslächeln. Robin ist wirklich in Ordnung.

„Wusstest du, dass wir heute ...“, frage ich Tanja auf dem Weg zum Taxi, „wusstest du ...?“
„Nicht unter diesen Umständen. Aber ungefähr. Laut Ignaz steckst du ja ganz schön im Schlamassel.“
„Netter Kerl, dieser Robin“, bohre ich an einer viel versprechenden Stelle, „dein Ex-Freund?“
„Robin ist der Bruder von Adalbert.“
Ich schlucke. Na wenn schon.
„Und woher weißt du, dass DMW in Mexiko ist?“
„E-mail. Wenn du es genau wissen willst, maile ich mit Joe Kant seit dem Juni 2009.“

Im Laufschritt erreichen wir die Departure Halle des Flughafens Schwechat.
„An dem Ärger bin ich schuld“, erklärt Tanja. „Im Jahr 2000 kam Charlie zurück. Er schnüffelte herum und fand das beschissene Teletubbies-Kostüm. Dabei hatte ich es extra bei den Eltern deponiert! Ich hatte keine Chance, ich musste ihn begleiten. Ich sag dir was, in einer zweiten Beziehung mit einem Mann baut man viel mehr Hass auf als in der ersten ... Es lief auf eine Art Vergewaltigung über einen längeren Zeitraum hinaus. Aber

in seinem ganzen Ausmaß begriff ich das erst nachträglich. Charlie und ich, diese Trennung! Ein Kampf. Zum Abschied meinte er vielsagend, er würde das alles nicht vergessen, auch wenn ich es vergessen sollte. Und zehn Jahre hinterher gräbt er den Teletubby aus! Ich dachte schon, er hätte es wirklich vergessen …"
„Wieso hat er seine Aktion nicht vorher gestartet?", frage ich.
„Er war die meiste Zeit im Gefängnis. Als ich 04 als Zeugin gegen ihn aussagte, hatte er den Tinky Winky nicht greifbar. Was ist los, du machst so ein Gesicht?"
„Nichts. Ich dachte kurz an die Fotos. Haben wir noch zwei Minuten? Ich würde sie gerne zur Entwicklung geben."
„Nur, wenn du sie loshaben willst."

„Nur entwickeln?", fragt das Mädchen vom *Fotomeyer.* „Ohne Ausarbeitung? Schnellentwicklung oder Entwicklung?"
„Von mir aus Superschnellentwicklung."
„Name?"
„Völkerball … wie die Sportart. Er holt sie selbst ab."
Das Mädchen kriegt einen Kurzschluss hinter den Stirnfransen. Sie kritzelt ein Wort mit F auf die Rechnung.

Vorneweg Tanja mit ihrem Bauch, ich in der Mitte, Ignaz als keuchender Abschluss, in dieser Reihenfolge jagen wir über Rollbänder zum Gate.
Mitten im Gateway stupse ich Tanja an.
„Kannst du mir dein Phony leihen?"
Sicherheitshalber spreche ich auf Jessicas Responder.
Hallo Jessica. Eine Nachricht für Völkerman. Die Fotoserie kriegt er unter dem Namen Völkerball im Fotomeyer am Flughafen Wien Schwechat – ab sofort.
Als ich mir ausmale, wie das Hamstergesicht die Bilder von der Kastrierung Charlies durchblättert, pruste ich heraus. *Charlie*

und Tanja, Ex-Freunde! Mein überdrehtes Gelächter füllt die Gangway.
Tanja und Ignaz befürchten, dass ich überschnappe. Sie zerren mich ins Flugzeug.

34

Noch stehen wir angedockt an der Einstiegsposition. Tanja sitzt am Fenster, ich in der Mitte, Ignaz am Gang. Mit knallrotem Gesicht misst er seinen Puls.

„Meine Mutter ist nie geflogen“, stöhnt er. „Ich bin der erste einer Dynastie.“

„Keine Angst, wir fallen nicht runter“, sagt Tanja.

„Wir sind noch nicht einmal oben“, gebe ich zu bedenken, „aber wenn wir tatsächlich abstürzen, werden wir berühmt. Die Familie, die sich bei Flugzeugabstürzen ausrotte. Dann treten wir im Jenseits als Punkband auf, Planecrash Idiots oder so.“

Please fasten your seat belts. Ignaz zerrt seinen Gurt über den Bauch, Tanja legt ihren nur lose drüber. *Please turn off all technical equipment.* Mir fällt ein, dass wir vergessen haben, die Rettung zu verständigen. Doch Charlie ist zäh, der schafft es alleine. Überhaupt halten Männer mehr aus als man ihnen zutraut. Es schadet nicht, wenn der eine oder andere die hohe Kunst des Ertragens durchleidet.

Nach der Reihe kommen mir die übrigen Männer dieser Geschichte in den Sinn. Zuerst natürlich Robin. *Ihre Sprunghaftigkeit treibt Sie dazu, sich in den Falschen zu verlieben.* Es ist frustrierend, ein Land zu verlassen, in dem man sich soeben zum ersten Mal im Leben auf den ersten Blick verliebt hat.

Auch an DMW denke ich. Das wird eine eigenartige Begegnung. In einer zweiten Beziehung, Tanjas Worte klingen als Echo nach, baut man viel mehr Hass auf als in der ersten. Mexiko könnte also interessant werden. In diesem Jahr 2010 bin ich enorm älter geworden, und zusätzlich bin ich in den vergangenen vier Tagen noch einen Bonustrack älter geworden. Kann gut sein, dass DMW mittlerweile zu jung ist für mich.

„Und Adalbert?“, bereite ich eine nächste Frage vor, die etwas komplizierter ist, weil sie nichts mit Adalbert zu tun hat.
„Weißt du“, schreckt Tanja auf, „wir haben uns in den letzten Wochen viel gestritten. Er ist genau der Typ, der eine Stunde vor einem 2,40 €-Bier sitzt und dann 10 Cent Trinkgeld gibt. Ich glaube, Web-Application-Designer sind nichts für mich. Diese Erkenntnis verdanke ich den Hormonen. Die Schwangerschaft hat mich richtig rausgerissen. Ich fühle mich wie eine Mittelstreckenrakete.“
„Und das Einfamilienhaus? Die hübsche Stiege?“
„Für hübsche Stiegen bin ich zu jung.“
Ignaz keucht. Ich atme ebenfalls durch.
„Wieso sagst du das nicht vorher?“
„Mir haben die Worte gefehlt. Sie fehlen mir immer noch.“
Ihr Zögern zeigt, dass sie meine nächste Frage erwartet.
„Weiß DMW von unserer Ankunft?“
„Sobald Joe Kant meine Message liest, ja. Wenn wir schon dabei sind, Fiona. Es gibt da noch was.“
„Und zwar?“
„Ich und Joe Kant.“ Sie schaut mich bekümmert an. „Wir verstehen uns sehr gut.“
„Ist mir klar.“
„Wir verstehen uns gut“, wiederholt Tanja, „sehr gut, verstehst du?“
Mit einem Ruck fährt das Flugzeug von der Startposition los. Meine Unterlippe schiebt sich über die Oberlippe.
„Verstehe“, antwortet ein Bauchredner in mir.
Im Ertragen bin ich jedem anderen Passagier voraus.
Die Klimaanlage bündelt einen Strahl eisiger Luft auf meine Stirn. Der Strahl brennt ein Loch in meinen Schädel.
„Es tut mir leid wegen Schmutz“, sagt Tanja. „Ich habe das Blut in der Wanne gesehen, und …“
Irgendwie ist mir plötzlich kälter, als ich ertragen kann. Kaum

zu glauben, alles nur wegen diesem dummen Loch über meinem Sitz.
„Kann mir jemand helfen, den Luftstrahl wegzukriegen?“, ich richte den Blick nach oben.
Ignaz streckt hilflos den Arm in die Höhe. Sein Mund sieht aus wie aus eingerissenem Papier. Tanja fummelt an den Knöpfen, bis der Strahl abbricht.
Ich sinke zusammen.
„Was war jetzt genau“, frage ich mit zusammengebissenen Zähnen, „mit der Argusgraf?“
„Sie ist in Geisterstadt gelegen“, sagt Tanja, „im Schlafzimmer der Eltern … Mit einem Loch im Schädel. Muss ihm dazwischen geraten sein.“
Zuerst habe ich den Eindruck, da kommt etwas Fremdes, Unerhörtes aus meinem Inneren, aber dann sind es doch nur Tränen. Von der Seite schiebt sich ein nasser Vorhang über mein Gesicht. Dieser Vorhang ist schwer und hängt fast bis zu den Füßen.
Es rinnt aus meinen Drüsen wie aus einem Wasserhahn. Wie sonderbar! Normalerweise weine ich nie. Beim Tod der Eltern hab ich nicht geweint. Beim Abschied von DMW auch nicht. Beim Tod von Schmutz hab ich nicht geweint. Aber beim Tod der Argusgraf weine ich.
Und das ist wirklich zum Heulen.
Eine Flugbegleiterin stelzt vorbei.
„Can I have a Schnaps?“, frage ich.
„Two Schnapses“, ruft Tanja.
„Three Schnäpse“, sagt Ignaz. „Bring ’em soon!“

35

Eine halbe Packung Taschentücher stoppt den Rotz. Die Schnäpse werden erst nach dem Abheben serviert, sagt die Flugbegleiterin.
Tanja lehnt mit geschlossenen Augen am Plastikfenster. Ich spähe über ihren Bauch durch die Luke auf die Mondlandschaft des Flughafens Schwechat. Das Adalbertbaby wird Mexikanerin. Es strampelt von innen gegen ihre Bauchwand. Hoffentlich schlüpft es nicht an Bord aus. Obwohl die modernen Airlines (laut *Buntem Hund*) als Service auch Geburtshilfe anbieten. Ich überlege, ob ich in der Haut des Kindes stecken möchte, das sich vorgenommen hat, diesen in nächster Zeit zu verlassen.
Wieso nicht.
In meine Nasenlöcher dringt der Geruch nach Kerosin. Das Flugzeug beschreibt eine sorgfältig gezogene Kurve. Auf der dunkelsten von drei Bahnen hält es mit einem Ruck. Draußen winken orange gekleidete Männer mit Flaggen.
Diesmal werde ich alles anders machen als nach dem Absturz der *Karajan*. Das ist der Vorteil dieser Flucht: Ich werde die jüngere Vergangenheit nach meinen eigenen Vorstellungen ordnen. Material gibt es in Fülle.
Was sich wohl abspielen wird, wenn Charlie aufwacht und seine Eier erblickt – hält er sie für Toilettenkugeln?
Diese Henkersmahlzeit hätte ich Schmutz gegönnt.
Der Caninikarton wird am Westbahnhof von einem Gepäcksmann gefunden. Der Gepäcksmann ist ein Katzenfreund. Er hat bereits viele tote Katzen gesehen. Er begräbt Schmutz in seinem Schrebergarten.
Am Lerchenfelder Gürtel 304 ist mittlerweile alles voll Polizei. Denke ich zumindest. Vielleicht flüchtet Charlie fassadenklet-

ternd aus dem Küchenfenster, die Leiche der Argusgraf unter dem Arm – und lebt von nun an als Einsiedler auf den Dächern Ottakrings. Vielleicht drücken sich Völkerball und Frankenstein mit Magenkrämpfen den Gürtel entlang. Dieses Spiel kann keiner von ihnen gewinnen.

Der große Patriot Ulf Schneyder hingegen, der gewinnt am Sonntag ganz bestimmt. Ebenso wie Rubens Barrichello. Der Brasilianer wird den Grand Prix auf dem Hungaroring für sich entscheiden. Im Ottakringer Wettbüro warten dann 110 € auf mich. Den Wettschein werde ich Robin schicken.

Auf einmal beschleunigt der Kapitän so heftig, dass wir in die Sitze gedrückt werden.

Ein paar Flugzeuglängen weiter stemmt sich eine armselige Baumgruppe dem Sturm entgegen, den unsere Maschine erzeugt. Drei große Bäume und ein kleiner Baum. Merkwürdig, keiner hat diese Gewächse niedergeschnitten. Sie stehen aufrecht. Der höchste ist in die Breite gewachsen. Er scheint die anderen zu beschützen.

Schon wenige Meter hinter der Baumgruppe zersetzt sich das Gruselkabinett Österreich in der flimmernden Luft. Ich bin noch hier, aber ich fühle mich weit entfernt. Das Land löst sich einfach in seine Bestandteile auf. Das alles ist Heimat gewesen für uns.

Viele Kilometer weiter beginnt sich Charlie zu rühren. Nackt, kastriert, mit trockenem Mund. Robin schlüpft zurück in sein Bett, nackt, wohlriechend, voll im Saft. Völkerball hört mit rotem Schädel den Responder von Jessica ab und schickt einen Boten nach Schwechat.

Viel Spaß!

Am Horizont, fast schon zu erkennen, achtzig Stunden entfernt, zeichnet sich ein überwältigender Wahlsieg des Oppositionsführers Ulf Schneyder ab. So schauts nämlich aus. Lebesmühlbacher bekleidet ab nächsten Monat das Amt des Jugendministers. Und in Mexiko wird es kühl sein.

Literatur

Pedro **Almodóvar**, Patty Diphusa y otros textos, Barcelona 1991; Patty Diphusa, Wilde Geschichten, Hamburg 1997.

Richard **Brautigan**, Sombrero Fallout, USA 1976, Edinburgh 1998.

Marie **Darrieussecq**, Schweinerei, München-Wien 1997, Truismes, Paris 1996.

Paulus **Hochgatterer**, Schneyders Pech, in: Die Nystensche Regel, Wien 1995.

Haruki **Murakami**, Nejimaki-dori kuronikuru, Tokio 1994/95; Mister Aufziehvogel, Köln 1998.

Elke **Naters**, Königinnen, Köln 1998.

Nadja **Niedermair**, Du bist so herrlich skrupellos, Bianca!, Berlin 1997.

Amélie **Nothomb**, Mit Staunen und Zittern, Zürich 2000; Stupeur et tremblementes, Paris 1999.

Silvia **Szymanski**, Agnes Sobierajski, Hamburg 2000.

Paco Ignacio **Taibo II**, Sintiendo que el campo de batalla ..., Mexiko City 1994 und Que todo es imposible, Mexiko City 1995; Olga forever, Hamburg 1998.

John **Kennedy Toole**, A Confederacy of Dunces, Louisiana 1980; Ignaz oder die Verschwörung der Idioten, Stuttgart 1982.

Banana **Yoshimoto**, Amurita, Tokio 1997; Amrita, Zürich 2000.

Chiara **Zocchi**, Olga, Milano 1996; Olga, München 1997.

Danke: Ekkehard Wolf, Vladimir Vertlib, Walter Sedlaček, Ulla Schwaighofer, Helga Schuster, Martina Schmidt, Bernd Rest, Gerda Oberascher, Günther L., Reinhard Kretzl, Nicole Hofmann, Ilse Heigerth, Heribert Corn, Daniela Brezjak, Daniel Beskos, Anton Badinger, Hildegund Amanshauser, Bernhard Amanshauser.

www.deuticke.at
www.amanshauser.at

Umschlaggestaltung: Robert Hollinger

Umschlagfotos: © Thomas Schwentner

Druck: Manz Crossmedia GmbH & Co KG, 1051 Wien

Printed in Austria

ISBN 3-216-30586-4